如果诗词会讲故事

中华诗词学会副会长

高 昌 —— 编著

宋词篇

朝华出版社
BLOSSOM PRESS

图书在版编目（CIP）数据

如果诗词会讲故事 . 宋词篇 / 高昌编著 . -- 北京：
朝华出版社 , 2023.8

ISBN 978-7-5054-4751-6

Ⅰ . ①如… Ⅱ . ①高… Ⅲ . ①古典诗歌—诗歌欣赏—
中国—儿童读物 Ⅳ . ① I207.2-49

中国国家版本馆 CIP 数据核字 (2023) 第 068832 号

如果诗词会讲故事（宋词篇）

作　　者　高　昌

选题策划　王晓丹
责任编辑　刘　莎
责任印制　陆竞赢　崔　航

出版发行　朝华出版社
社　　址　北京市西城区百万庄大街 24 号　　**邮政编码**　100037
订购电话　（010）68996522
传　　真　（010）88415258（发行部）
联系版权　zhbq@cicg.org.cn
网　　址　http://zhcb.cipg.org.cn
印　　刷　天津市光明印务有限公司
经　　销　全国新华书店
开　　本　787mm×1092mm　1/16　　　　**字　　数**　89 千字
印　　张　10
版　　次　2023 年 8 月第 1 版　2023 年 8 月第 1 次印刷
装　　别　平
书　　号　ISBN 978-7-5054-4751-6
定　　价　49.00 元

高昌伯伯的话

  我们的中国是一个诗国，我们的民族是一个富有想象力和审美精神、充满智慧和感情魅力的民族。上下五千年的瑰丽的文明史，出现了数不胜数的优美诗篇和灿若繁星的优秀诗人，也流传下来不胜枚举的诗词故事。

  诗词里的中国故事，美好；故事里的诗词中国，精彩。我给小读者们挑选和讲述这些诗词故事，期待能引导孩子们从更多维的角度感受中华诗词之美，深刻感悟跨越时空的诗意和浪漫情怀。

  中华诗词史，实际上也是中华民族的精神谱系和心灵史册。一路风雨，一路跋涉，一串串闪光的美好足迹，一道道绚丽的时代彩虹，见证着中华诗词的生生不息。此时此刻，回望芬芳蕤葳的风雅来路，顿觉赏心悦目，沉醉不已。中华诗词是中华文化基因中最鲜活、最灵动、最炽热的一份感动，是中华情、中国梦的美好记忆和美丽载体。那根温柔敦厚的琴弦就藏在我们每个人的心间，那些悲悯、善良、真挚、美好的旋律就回荡在我们的耳边，那一个个时代的精神分量、审美经验和生活智慧，指引着我们向前的步伐。历久弥新，长盛不衰，薪火相传，光明普照。

古典文化中有值得继承的文化精华，但也不能囫囵吞枣地全盘吸收这些东西。科学与民主的圣火不熄，自由和光明的追求永不过时。在历代传诵的诗词故事中，冷静思考一下时代局限下的经验和教训，也是一种必要的文化反省和历史反思。所以"分析和思考"，是我想和小读者讲的第一点悄悄话。

我想起杜甫《望岳》中的两句诗："会当凌绝顶，一览众山小。"希望小读者们要有"会当凌绝顶"的肝胆豪情，以及"一览众山小"的宏伟志向。所以"胸襟"和"格局"，是我想和小读者说的第二点悄悄话。

锦绣年华，前途无量。诗谊久久，来日方长。我用杜甫《望岳》诗韵写了一首小诗，附在本文最后，和各位亲爱的小读者共勉：

　　百劫美如斯，三生情不了。

　　风雷出莽苍，星斗罗分晓。

　　横地拔奇峰，压云穿健鸟。

　　起看清格高，知是乾坤小。

目录

牵机药

虞美人·春花秋月何时了

[南唐]李 煜

春花秋月何时了？往事知多少。小楼昨夜又东风，故国不堪回首月明中。

雕栏玉砌①应犹在，只是朱颜改②。问君能有几多③愁？恰似一江春水向东流。

注释

① 砌：台阶。
② 朱颜改：指所怀念的人已衰老。
③ 几多：多少。

李煜是南唐最后一位国君，后世称其为"李后主"，或"南唐后主"。传说他相貌很奇特，古书上用"丰额骈齿、一目重瞳"这八个字来形容他的长相，意思是说：李煜宽额头、牙齿重叠，有一只眼睛中有两个瞳孔。

李煜是位大才子，他通音律、善诗文、工书画，尤其是词写得非常好。只可惜他不是当皇帝的料，把国家治理得一塌糊涂，最后败给宋国的军队，草草结束了十四年的帝王生涯，投降做了俘虏（lǔ）。这一年他才三十九岁。

宋太祖把李煜押解到都城汴梁，故意封他为"违命侯"，"违命"二字是对李煜的一种羞辱。就这样，他在汴梁屈辱地过着形同软禁

1

的生活，心里非常悲苦。一转眼就过了两年。这一年的农历七月初七，也就是传统节日七夕节，也恰好是李煜的生日。宫女们看他整日郁郁不乐，为了安慰他，就唱起过去在南唐宫廷中经常演唱的歌曲，李煜听了百感交集，命人拿来纸笔，流着泪写下一首《虞美人》：

春花秋月何时了？往事知多少。小楼昨夜又东风，故国不堪回首月明中。

雕栏玉砌应犹在，只是朱颜改。问君能有几多愁？恰似一江春水向东流。

这首词中的"春花秋月"指春天的花、秋天的月，泛指美好的回忆。"故国"指已经灭亡的国家。"不堪回首"就是不忍心回忆。"雕栏"指雕花彩饰的栏杆，"雕"比喻华美。"玉砌"指用玉石砌的台阶，这里是台阶的美称。"只是"意思为"仅仅是、不过是"。"朱颜"指年轻美好的容颜。这首词抒发出李煜亡国之后的痛苦和哀怨。上下阕巧妙地采用两个问句结构成篇。最后两句用滔滔江水来比喻无穷无尽的愁思，使看不见的情感化成看得见的奔流河水，展现了诗人很高的艺术技巧。

李煜写完这首新词，就交给那几位宫女演唱。几位宫女触景生情，演唱得格外婉转动听。李煜和身边的随从们一起大声叫好，声音传到屋外。但是李煜不知道，皇帝其实暗中派人时时监督他，这首《虞美人》词很快就被汇报给宋太宗。宋太宗听到"小楼昨夜又东风""故国不堪回首月明中"和"一江春水向东流"等词句勃然大怒，他认为李煜还在怀念南唐，不是真心投降，而是暗中企图恢复故国。

据说，宋太宗当晚就派人给李煜送来一种名叫"牵机药"的毒药，这种药让人全身抽搐，死得很痛苦。此时李煜才四十二岁。这首凄美的《虞美人》，就成为了李煜最后一首作品。

"磨家"诗童

清 明

[宋] 王禹偁

无花无酒过清明，兴味[1]萧然[2]似野僧。
昨日邻家乞新火[3]，晓窗分与读书灯。

注释

[1] 兴味：兴趣、趣味。
[2] 萧然：清净冷落。
[3] 新火：唐宋习俗，清明前一日禁火寒食，到清明节再起火。

  王禹偁（chēng）是北宋时期一位很有成就的文学家。古书上记载，他"家本寒素"，意思是他家里很清贫。据说他父亲是一位磨坊主，所以他也被称为"磨家儿"。到了上学的年龄，他被父亲送到村中私塾先生家里学习。私塾先生不仅给他讲授儒家经典，每天还要求他背诵一首律诗。久而久之，王禹偁也学会作诗。十余岁的时候，王禹偁就已经成为远近闻名的小诗童。

  一位名叫毕士安的状元听说了小诗童的事迹很好奇，就专门跑过来看他。毕状元东打听，西打听，好不容易找到王家磨坊时，只见一位少年正忙碌地帮着父亲磨面。

  毕士安问道："请问谁是王禹偁？"

  王禹偁停下手里的活计，很有礼貌地回答说："您好，我是王禹偁。请问您有什么事吗？"

毕士安说："我听说你会作诗，想来和你交流交流诗艺。"

王禹偁眨巴眨巴眼睛，大大方方地回答道："请出题吧。"

毕士安说："就以磨面为题吧，请作诗一首。"

王禹偁轻轻咳嗽一声，朗声吟道：

> 但存心里正，无愁眼下迟。
>
> 若人轻着力，便是转身时。

这首诗以转动着的圆磨盘来比喻人生的顺逆境遇，语言巧妙且深刻。毕状元特别欣赏，连声叫好。从此，他们就成为好朋友。两人经常在一起探讨疑难问题，共同学习诗文。

有一天，当地的太守吟出一副对联的上句："鹦鹉能言争似凤。"但是当时在场的幕僚们谁也对不出下句来。恰好毕状元当时也在现场，他忽然想起那位磨面的小诗童，就向太守推荐，太守赶紧派人去把王禹偁接过来，请他来对下联。王禹偁来了之后，听完毕状元告诉他的上联，马上就对出了下联："蜘蛛虽巧不如蚕。"

在场的人纷纷鼓掌称赞："小诗童才思敏捷，真是名不虚传啊。"

太守也很高兴，就邀请王禹偁和大家一起到院子中欣赏池塘里的白莲。白莲花盛开在碧绿的水面上，风儿吹来，清香四溢。太守忍不住说道："此情此景多么令人陶醉啊。在座的谁能以白莲为题作一首诗呢？"

王禹偁等他话音一落，马上吟出一首《咏白莲》：

昨夜三更后，姮娥堕玉簪。

冯夷不敢受，捧出碧波心。

　　"姮娥"就是传说的嫦娥，"冯夷"就是传说的黄河之神，泛指水神。这首诗的意思是说：这些白莲就像嫦娥掉下来的白玉簪，又被水神从碧水中捧出来献给大家观赏。这首诗想象奇特，比喻贴切，立刻又博得一阵热烈的掌声和喝彩。大家称赞他是"经纶之才"。

　　少年王禹偁不仅头脑很聪明，而且读书也很用功。他最喜欢的诗人是白居易，立志长大后要当白居易那样的好官，为老百姓做很多的好事情。白居易读书特别刻苦，"不遑寝息矣，以至于口舌成疮，手肘成胝"，意思是说，读书读得忘记吃饭睡觉，以至于嘴里长疮，胳膊肘起茧。王禹偁也向白居易学习，据说他读书是"收萤秋不倦，

刻鹄夜忘疲"，意思是像"囊萤"的前贤那样白天黑夜不知疲倦、刻苦勤奋地学习。家里的磨坊终日喧哗热闹，根本不是读书的环境，而且他还要帮助父亲磨面来养活一家人，但是只要有一点点时间，他都挤出来看书和写作。

后来，这位小诗童成长为一名大诗人。现在我们学习中国文学史时，能读到王禹偁的作品。《村行》《点绛唇》和《清明》等诗都非常有名。请看这首《清明》：

无花无酒过清明，兴味萧然似野僧。

昨日邻家乞新火，晓窗分与读书灯。

牵动长江万里愁

望海潮

[宋] 柳 永

东南形胜，三吴都会，钱塘自古繁华。烟柳①画桥②，风帘③翠幕④，参差⑤十万人家。云树⑥绕堤沙，怒涛卷霜雪⑦，天堑⑧无涯。市列珠玑⑨，户盈罗绮，竞豪奢。

重湖叠巘⑩清嘉⑪，有三秋桂子，十里荷花。羌管弄晴，菱歌泛夜，嬉嬉钓叟莲娃。千骑拥高牙，乘醉听箫鼓，吟赏烟霞。异日图将好景，归去凤池夸。

注释

① 烟柳：雾气笼罩着的柳树。
② 画桥：装饰华美的桥。
③ 风帘：挡风用的帘子。
④ 翠幕：青绿色的帷幕。
⑤ 参差：高低不齐的样子。
⑥ 云树：树木茂盛，密集如云。
⑦ 怒涛卷霜雪：又高又急的潮头冲过来，浪花像霜雪在滚动。
⑧ 天堑：天然沟壑，人间险阻。一般指长江，这里借指钱塘江。
⑨ 珠玑：珠是珍珠，玑是一种不圆的珠子。这里泛指珍贵的商品。
⑩ 叠巘（yǎn）：层层叠叠的山峦。此指西湖周围的山。
⑪ 清嘉：清秀佳丽。

柳永，字耆卿，原名三变，后改名永，因排行第七，又称"柳七"，北宋崇安（今属福建省武夷山市）人。曾担任屯田员外郎，所以又被称为"柳屯田"。他创作的词在当时流传很广,当时人们说有井水处就有人会唱柳永的词。

柳永与一个名叫孙何的人原来是好朋友,后来孙何在杭州做大官,柳永以老朋友的身份去拜访,被看门人拦住,不给他通报。

于是,柳永想了一个办法。他精心地写了一首《望海潮》的词,找到当时著名的歌女楚楚:"我要见孙何,但是看门人不让我进去。下一次他举行宴会,你去给他唱歌的时候,请你在宴席上演唱我这首词。如果孙何问你是谁写的,你就说是柳七。"

中秋节那天,孙何果然在家里举行夜宴,楚楚被邀请去唱歌,她就在酒席上用美丽的歌喉演唱《望海潮》:

> 东南形胜,三吴都会,钱塘自古繁华。烟柳画桥,风帘翠幕,参差十万人家。云树绕堤沙,怒涛卷霜雪,天堑无涯。市列珠玑,户盈罗绮,竞豪奢。

> 重湖叠巘清嘉,有三秋桂子,十里荷花。羌管弄晴,菱歌泛夜,嬉嬉钓叟莲娃。千骑拥高牙,乘醉听箫鼓,吟赏烟霞。异日图将好景,归去凤池夸。

"形胜"就是形势冲要、交通发达的地方。"三吴"是古地名,吴兴、吴郡、会稽被合称为"三吴",此处泛指江苏南部和浙江的部分地区。"钱塘"即今杭州市。"云树"指树木茂盛,密集如云。"天堑"指天然的险阻,这里指钱塘江。"竞豪奢"指比赛谁更豪华和阔气。当时的西湖分为外湖和里湖,所以词中用"重湖"代指。

这首词的意思是说：杭州是国土东南的要地，三吴郡县的都会，自古以来就很发达。袅袅的柳丝如烟，悠悠的小桥如画，风帘是多么轻盈，翠幕是多么优雅，楼阁高低错落，分布着十万户人家。高高的树木围绕着沙堤，滚滚的波涛翻卷着霜雪一样的浪花，激荡的钱塘江宛如天堑，无边无涯。市场陈列着珠宝，家里摆满了绫罗，好像是在比赛奢侈和繁华。里湖外湖壮美，重山叠岭颇佳，这里秋天有桂花飘香，夏天有十里的鲜艳荷花，优美的笛曲在晴空荡漾，采菱的歌声在静夜飘动，钓鱼翁和采莲娃都欢快嬉笑。成群的马队簇拥着高高的牙旗，长官乘着醉意听悦耳的箫鼓，吟咏赞赏天边的美丽烟霞。以后他会把这些好景画成图画，带回到京城去夸耀。

这首词浓墨重彩地描写了杭州的繁华景象和西湖的美丽风光。上阕首先点出杭州位置的重要、历史的悠久，从风景、人家、市场等方面分别描写杭州的繁华。下阕则重点描写杭州的西湖美景，结构精巧，层次分明。特别是由数字组成的一些词组和对偶句，如"三吴都会""十万人家""三秋桂子""十里荷花""千骑拥高牙"等，巧妙地表达出作者对美景的欣赏和赞叹之情。

因为这首词写得很精彩，还称赞了作为地方长官的孙何，孙何很高兴，就问这首词是谁写的，楚楚回答说是柳七。孙何突然想起这位当年的朋友，就问柳永住在哪里，立即请他到家里来赴宴，柳永这才重新见到孙何，二人畅叙友情。

这首《望海潮》很快便在民间流传。据说，一百多年后的南宋时期，金朝皇帝完颜亮听人唱了这首词，对词中描写的"三秋桂子，十里荷花"非常羡慕，于是在派往南宋的使臣中安排了一位高手画家，让他偷偷画一幅杭州的西湖山水图带回金国。

完颜亮命人把这幅画裱成屏风，还在画上添加他自己全副武装、骑马站在西湖畔吴山上的肖像，并挥笔题诗："提兵百万西湖上，立马吴山第一峰。"意思是说：我决心率领百万大军攻打南宋，骑着战马站在西湖边的最高山峰上。这首诗实际上是完颜亮进攻南宋的宣言。后来，他下令向南宋大举进攻，却最终大败。

南宋诗人谢驿为这件事写了一首诗：

谁把杭州曲子讴，荷花十里桂三秋。

哪知卉木无情物，牵动长江万里愁。

意思是：是谁在歌唱那描写杭州的歌曲《望海潮》？三秋桂子多么芬芳，十里荷花多么美妙。谁知道这些没有感情的花卉草木，却挑动了万里长江边上的残忍战争，惹来众多百姓的忧愁和烦恼。

奉旨填词

鹤冲天·黄金榜上

[宋] 柳 永

　　黄金榜上，偶失龙头①望。明代②暂遗贤③，如何向。未遂风云④便，争不⑤恣⑥狂荡。何须论得丧？才子词人，自是白衣卿相⑦。

　　烟花巷陌⑧，依约丹青屏障。幸有意中人，堪寻访。且恁偎红倚翠⑨，风流事，平生畅。青春都一饷。忍⑩把浮名⑪，换了浅斟低唱。

注释

① 龙头：旧时称状元为龙头。
② 明代：圣明的时代。
③ 遗贤：抛弃了贤能之士，指自己为仕途所弃。
④ 风云：际会风云，指得到好的遭遇。
⑤ 争不：怎不。
⑥ 恣：放纵，随心所欲。
⑦ 白衣卿相：指自己才华出众，虽不入仕途，也如卿相一般尊贵。
⑧ 巷陌：指街巷。
⑨ 偎红倚翠：指狎妓。宋代陶谷《清异录·释族》记载，南唐后主李煜微服私访娼家，自题为"浅斟低唱，偎红倚翠大师，鸳鸯寺主"。
⑩ 忍：忍心，狠心。
⑪ 浮名：指功名。

　　柳永少年时非常刻苦好学，经常在晚上还点着蜡烛苦读，有时候蜡烛燃尽，他背诵的声音还在响着。后来，人们把他读书的地方叫作"笔架山"或"蜡烛山"。

有一年，柳永参加进士考试，却没有被录取，心中很不愉快。可他转念一想，那些考中进士的人也没什么了不起。于是，他便写下一首《鹤冲天》：

> 黄金榜上，偶失龙头望。明代暂遗贤，如何向。未遂风云便，争不恣狂荡。何须论得丧？才子词人，自是白衣卿相。

> 烟花巷陌，依约丹青屏障。幸有意中人，堪寻访。且恁偎红倚翠，风流事，平生畅。青春都一饷。忍把浮名，换了浅斟低唱。

词的大意是说：在金字题名的榜上，我不过是偶然失去拿第一名的机会。即便在圣明的时代，朝廷也会一时错失发现我这个人才的机会，我今后该怎么办呢？既然没有得到好的机遇，为什么不随心所欲地游乐呢？其实我们词人，本来就是不穿官服的大人物啊。我忍痛把那些功名，换成手里这杯酒和耳畔这些歌吧。

这首词体现了柳永的叛逆性格和诗人风骨，含蓄地将皇帝不会知人善任的行为冷嘲热讽一番。这首词立即就被人们广泛传唱，其中"才子词人，自是白衣卿相""忍把浮名，换了浅斟低唱"这几句尤其受到人们的喜爱。

毫无意外，这首词也传进皇宫，被宋仁宗知道。词中把"才子词人"跟朝廷里的"卿相"相提并论，还说考中进士只是"浮名"不是真本事，这些牢骚话让皇帝非常生气。

过了一段时间，柳永再次去考进士，虽然已经被录取了，可是宋仁宗听到新的进士名单中有柳三变的名字，瞬间想起了那首《鹤冲天》词，立即下令把他的名字勾掉，并且批示说："这个人花前月下，喜欢'浅斟低唱'，为什么还要'浮名'呢？就让他填词去吧。"

皇帝的一道旨令，让柳三变的进士没当成。他虽然伤心，但是没有害怕，而是索性打出招牌，自称"奉旨填词柳三变"，专门以写诗填词为职业，成为我国历史上第一个专业填词人。他写的词通俗流畅，情深意长，而且音调和谐优美，在当时很受欢迎，有道是"凡有井水饮处"，就有他的歌迷。直到后来，柳三变把名字偷偷改为柳永，重新前去应考，这才终于瞒过皇帝，没有再被刷下来。这样，他才当上了一个屯田员外郎的小官，勉强维持生活。

不过，很多大官都很瞧不起柳永写的词，连大文豪苏轼也不喜欢柳永的词，觉得他写得太俗气。可是，苏轼又总想和柳永比一比高低。他在京城当翰林学士的时候，遇到一个唱歌的人，他就问那个人："我的词和柳永的词相比，谁好？"那个人想了想，说："柳永的词，适合由十七八岁的姑娘，拿着红牙板，敲着拍子唱'杨柳岸，晓风残月'；您的词，则需要关西大汉，用铜琵琶、铁拍板，大喊大叫地唱'大江东去'。"苏轼听了，哈哈大笑。

后来人们就把柳永和苏轼分别奉为婉约词和豪放词的代表。

贺鬼头和贺梅子

青玉案·凌波不过横塘路

[宋] 贺 铸

凌波①不过横塘路，但目送、芳尘去②。锦瑟华年③谁与度？月桥花院，琐窗④朱户⑤，只有春知处。

飞云冉冉⑥蘅皋⑦暮，彩笔⑧新题断肠句⑨。试问闲愁都几许？一川⑩烟草，满城风絮，梅子黄时雨。

注释

① 凌波：形容女子步态轻盈。

② 芳尘去：指美人已去。

③ 锦瑟华年：指美好的青春时期。

④ 琐窗：雕绘连锁花纹的窗子。

⑤ 朱户：朱红的大门。

⑥ 冉冉：指云彩缓缓流动。

⑦ 蘅（héng）皋（gāo）：长着香草的沼泽中的高地。

⑧ 彩笔：比喻有写作的才华。

⑨ 断肠句：伤感的诗句。

⑩ 一川：遍地，一片。

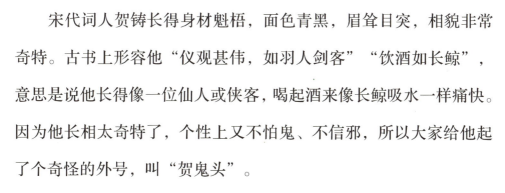

宋代词人贺铸长得身材魁梧，面色青黑，眉耸目突，相貌非常奇特。古书上形容他"仪观甚伟，如羽人剑客""饮酒如长鲸"，意思是说他长得像一位仙人或侠客，喝起酒来像长鲸吸水一样痛快。因为他长相太奇特了，个性上又不怕鬼、不信邪，所以大家给他起了个奇怪的外号，叫"贺鬼头"。

有一年，皇帝派他到太原去做监军，跟当时一个贵族家的儿子

做同事。这位少爷仗着家里的权势，骄横傲慢，目中无人。许多人都跑来巴结他，只有贺铸不肯那样做。一次，贺铸听说，这位少爷居然暗中贪污军营里的财物，他很生气。经过仔细调查之后，贺铸派人把那位少爷叫过来，把赃物扔到他的面前，用手杖指着他，呵斥说："大胆狂徒，过来看个明白，这是不是你某天某时偷窃某营的财物？"

这位贵族少爷吓坏了，汗顺着脊背哗哗地往下流，他赔着笑脸谄媚地说："下官知罪，我一定改！"贺铸听罢大骂一声，大手一挥，扒去他的衣衫，抡起手杖就打。贵族少爷吓得魂飞魄散，哭爹喊娘，苦苦哀求。但贺铸还是狠狠地教训了他一顿。此后，"贺鬼头"的名声传得更响了，就连平时蛮不讲理的人，见了他都不敢抬头看一下。

如果诗词会讲故事·宋词篇

但是，正因为他耿直豪爽，不媚权贵，一生其实只担任过一些很小的官职。后来他多次受到朝中奸臣们的排挤，最后就到苏州隐居去了。有一年春天，他在街头漫步，看到一位佳人离去的背影，有感而发写下一首《青玉案》词，抒发自己郁闷愁苦的心情，全词如下：

凌波不过横塘路，但目送、芳尘去。锦瑟华年谁与度？

月桥花院，琐窗朱户，只有春知处。

飞云冉冉蘅皋暮，彩笔新题断肠句。试问闲愁都几许？

一川烟草，满城风絮，梅子黄时雨。

"横塘"在苏州城外，是贺铸隐居的地方。"锦瑟华年"指美好的青春时期。"琐窗"指雕绘着美丽的连锁花纹的窗子。"蘅皋"指长着香草的沼泽中的高地。"都几许"就是总体来算有多少的意思。"一川"就是遍地。"梅子黄时雨"指江南一带在梅子成熟的时节经常下的连绵细雨，俗称"梅雨"。这首词通过对暮春时节景色的描写，抒发词人心中的怅惘和闲情，含蓄地表达了理想难以实现和郁郁不得志的无限忧思。最后几句"试问闲愁都几许？一川烟草，满城风絮，梅子黄时雨"中，他连用草、柳絮和梅雨来比喻心中忧愁的多、密和悠长，化抽象为形象，新颖别致，生动具体，真切地展示了自己失意、迷茫、悲凉的内心世界，受到历代读者的喜爱。这首词在当时就流传很广，因为里边有"梅子黄时雨"的句子，人们就给贺铸起了个新的外号，叫"贺梅子"。

哪位"前辈"

如梦令·昨夜雨疏风骤

[宋] 李清照

昨夜雨疏风骤①，浓睡不消残酒②。
试问卷帘人③，却道海棠依旧。知否？
知否？应是绿肥红瘦④。

注释

① 雨疏风骤：雨点儿稀疏，晚风吹得又急又猛。
② 浓睡不消残酒：酒醉睡了一夜，早上还余醉未消。
③ 卷帘人：此指侍女。
④ 绿肥红瘦：绿叶繁茂，红花凋零。

　　李清照的父亲叫李格非，是一位诗人，他在自家门前种了许多翠绿的竹子，并把自己的住处称作"有竹堂"。当时，这里几乎每天都有很多的大诗人来聚会。在他们的熏陶下，李清照迷上了诗词，后来也开始作诗。

　　每完成一首诗词，她都反复琢磨，不断修改，直到自己满意，才肯拿出来请母亲指教。一开始，她怕母亲笑话，故意说是抄写的别人的作品，可是，当母亲指出诗中的优点和缺点的时候，她又会面红耳赤。终于有一天，她的小秘密被母亲发现了。母亲高兴地鼓励她一番。后来，李清照的诗词写得越来越好，这才敢拿出来给父亲评点。不过，她也照样央告父亲，一定要替她保密，不要对外人讲。

一天傍晚，李清照写了一首《浣溪沙》：

小院闲窗春色深，重帘未卷影沉沉。倚楼无语理瑶琴。

远岫出山催薄暮，细风吹雨弄轻阴。梨花欲谢恐难禁。

这首词她自己很满意，便高兴地唱起来。这时在她家做客的宾朋们听到，纷纷称赞："这词写得真好啊。" 有的夸"婉曲"，有的夸"雅致"，有的夸"淡语中致语"。

李格非见客人们夸奖自己的女儿，一时高兴，又拿出小清照平时写的一些作品，故意说是小清照不知从何处找来学习的，请这些博学的朋友评点评点。其中就有一首以"昨夜雨疏风骤"开头的《如梦令》：

昨夜雨疏风骤，浓睡不消残酒。试问卷帘人，却道海

棠依旧。知否？知否？应是绿肥红瘦。

"雨疏风骤"就是雨点儿稀少、风声很急很大的意思。"浓睡"是说睡得很香。"卷帘人"指卷竹帘的人（侍女）。全词的意思是说：昨晚雨儿点少，狂风却急骤，我沉睡中醒来，醉意还残留。试着问那卷竹帘的侍女，她却说"海棠的样子还是和昨天一样"。"你可知道？你可知道？现在该是绿叶繁茂肥嫩，红花凋零消瘦！"

这首词通过对话的形式，记述了生活中一个很有情趣的小场景，表现了作者对海棠花的关心和喜爱，还表现了她对春天匆匆流逝的伤心和惋惜。"绿肥红瘦"是这首词中的名句，不仅写出风雨之后

红花和绿叶的变化，而且表达了词人忧伤叹息的复杂情感。

客人们纷纷传阅，见到这首《如梦令》，纷纷鼓掌夸奖。有的说："好一个'绿肥红瘦'，真是妙不可言！"有的还具体地评论起来："用'绿肥红瘦'作结尾，既含蓄，又有意境，肯定出自名家高手。请问这词是哪位前辈写的？"

这一说，倒把李清照一家三口逗乐了。其中有位叫晁补之的诗人首先猜了出来："这是小清照写的吧？这孩子以后肯定有出息！"小清照低下头，红着脸说："请叔叔伯伯们多多指教。"以后，晁补之等人经常在朋友们中间称赞小清照，李清照的名字逐渐传扬开了。

小朋友们，猜一猜，李清照"试问卷帘人"的问题是什么？

她问的应该是："海棠花在风雨之后怎么样了？"因为从后面的"海棠依旧"的答话中，可以推测出这句问话，所以作者就把这个问句省略，让全词的语言更精练。

巧婳词女

如梦令·常记溪亭日暮

[宋] 李清照

常记溪亭日暮，沉醉①不知归路。兴
尽②晚回舟，误入藕花③深处。争渡④，争
渡，惊起一滩⑤鸥鹭。

注释

① 沉醉：比喻沉浸其中的样子。
② 兴尽：极尽兴致。
③ 藕花：指荷花。
④ 争渡：奋力划船的样子。
⑤ 一滩：一群。

　　赵明诚是宋代大官赵挺之的儿子。他不仅长得一表人才，而且还才华横溢，诗词歌赋、琴棋书画，样样精通。赵明诚二十岁的时候，父亲开始给他张罗婚姻大事。可是赵明诚自从读了李清照的一首词，又在朋友家见过李清照一面之后，就深深地喜欢上她。他曾暗自发誓：此生除了李清照，别人谁也不娶。

　　赵明诚读到的那首词是《如梦令·常记溪亭日暮》：

　　常记溪亭日暮，沉醉不知归路。兴尽晚回舟，误入藕花深处。争渡，争渡，惊起一滩鸥鹭。

　　"溪亭"指临水的凉亭。"兴尽"就是玩够了的意思。"晚回舟"是说拨转船头回家时已经很晚了。"藕花深处"指荷花池塘的里面。

"争渡"就是奋力划舟渡水。"鸥鹭"是鸥和鹭，这里泛指水鸟。词的意思是说：常记得在溪亭那个黄昏，我沉迷在优美的景色中，忘记了回家的路。我玩够了，往回划船，已经很晚了，不小心进入了荷塘的深处。我使劲划，使劲划，惊起了整个沙滩的鸥和鹭。

这首词追忆了一次十分美好有趣的郊游活动，词中塑造了一位活泼纯真、热爱生活的女词人形象。这首词是李清照的早期作品，体现出一种朴素自然、欢快轻灵的艺术特色。

那时的婚姻都是父母之命。赵明诚担心父母为他选中别人家的女子，他心中非常着急。夜深人静，他躺在床上翻来覆去，怎么也睡不着觉。终于，他想出一个妙计。

第二天早上，他借向父亲问候早安的机会，对父亲说："我昨夜梦到自己读了一本怪书。"

"是什么书呢？"父亲好奇地问他。

如果诗词会讲故事·宋词篇

"我忘了书名，只记得书中的三句话：'言与司合，安上已脱，芝芙草拔。'"赵明诚回答。

赵挺之也是一位很有才华的人，听完儿子的话后，他当即解释说："这是一个谜语啊。'言'与'司'合起来是'词'字，'安'去掉上面的宝盖头是'女'字，'芝芙'拔去草字头是'之夫'二字，合起来是'词女之夫'，莫非你将是'词女之夫'？"

赵挺之沉思片刻，终于，他明白了儿子的心思，并没有多说什么，而是立即派人去李府求亲。因为赵挺之听说过李家的这位小姐擅长填词，才貌双全，所以他很愿意儿子娶她做媳妇。第二年，赵明诚如愿以偿地和李清照结为夫妻。

他们夫妇俩都爱好写诗填词，小日子过得甜甜美美，非常幸福。李清照经常和丈夫一同搜集整理金石字画，后来还帮助赵明诚写出了著名的《金石录》一书。

夫妻猜谜

减字木兰花①·卖花担上

[宋] 李清照

卖花担上，买得一枝春欲放②。泪③
染轻匀，犹带彤霞晓露痕。

怕郎猜道，奴④面不如花面好。云
鬟⑤斜簪，徒要教郎比并⑥看。

注释

① 减字木兰花：词牌名。
② 一枝春欲放：此处指买得一枝含苞待放的花。
③ 泪：像眼泪一样的晶莹露珠。
④ 奴：作者自谦的称呼。
⑤ 云鬟：鬟发多而美的样子。
⑥ 比并：对比。

夏天的一个傍晚，李清照和丈夫赵明诚在院中乘凉。他们喝着
醇香的茶水聊天，聊着他们的生活，聊着他们的诗词创作。阵阵
微风轻轻地吹来，带来一缕缕浓郁的花香，这是一个多么美好的
夜晚啊！

李清照刚从卖花郎那里买了一束花，随手就写下一首《减字木
兰花》：

卖花担上，买得一枝春欲放。泪染轻匀，犹带彤霞晓露痕。

怕郎猜道，奴面不如花面好。云鬟斜簪，徒要教郎比并看。

这首词写的是卖花、戴花的经过，词句快乐调皮，记录了一份生活的小美好。

赵明诚读了，连声说好，而且很动情地说："花朵哪有你美，我的妻子比花儿还美。"

李清照喝着茶，听着赵明诚的夸奖，心里美滋滋的，忽然灵机一动。只见她眨巴双眼，对赵明诚微微一笑，说："我考考你吧！"

赵明诚看了看妻子，自信地说："好啊，请出题！"

"我这可是一首诗谜啊。"李清照调皮地看了赵明诚一眼，开口说道："你听好了，根据这首诗猜一样东西。"

户部一侍郎，貌似关云长。

上任石榴红，辞官金菊香。

赵明诚平时很聪明，文采也很好，可是这一首诗谜把他难住了。他使劲想啊想啊，却怎么也猜不出来。看着李清照得意的神情，他越着急，越想不出来，急得满头大汗。

李清照说："猜不出来了吧！"说着，把手里拿的东西，故意在赵明诚眼前晃了晃，赵明诚恍然大悟。不过，他没有马上说出谜底，而是也作了一首诗：

有风不动无风动，不动无风动有风。待到梧桐落叶时，主人送它入冷宫。

他把这首诗念给李清照，二人同时哈哈大笑起来。

原来，他们两个念的诗都是谜语，而且谜底都是"扇子"。赵明诚的谜语说扇子有风不扇，没有风才扇，扇时有风，不扇就没风，而且一到秋天，人们就不用它了。李清照的谜语更难猜一些，所以难住了赵明诚。"户部一侍郎，貌似关云长"，是说三国时的名将关云长名叫"羽"，把他的"羽"字放在"户"字下面，正好是个"扇"字。"上任石榴红"是说夏天石榴开花的时候开始使用扇子，"辞官金菊香"是说秋天菊花盛开的时候，人们就跟扇子告别了。

李清照和赵明诚的生活，真是诗情画意，令人羡慕！

比赛"醉花阴"

醉花阴·薄雾浓云愁永昼

[宋] 李清照

薄雾浓云愁永昼，瑞脑消金兽。佳节又重阳，玉枕纱厨，半夜凉初透。

东篱①把酒黄昏后，有暗香②盈袖。莫道不消魂③，帘卷西风④，人比黄花瘦。

注释

① 东篱：此处指采菊的地方。

② 暗香：菊花的幽香。

③ 消魂：同"销魂"，极度忧愁和悲伤的样子。

④ 西风：秋风。

李清照和丈夫赵明诚感情很好。他们两个经常一起到都城开封的相国寺一带去逛市集，只要遇到喜欢的文物和书画，他们就会买，哪怕把口袋里的钱全拿出来也不心疼。几年以后，他们的书斋"归来堂"里就收藏了大量文物和书画。

他们买来这些文物和书画可不仅仅为了收藏，而是为了研究。后来他们总结经验，写了一本研究这些文物的著作——《金石录》。

赵明诚写《金石录》的时候，李清照凭借自己广博的学识和惊人的记忆力，给了他很大的支持和帮助。每当赵明诚遇到疑难问题，想不起哪一句话是哪一本书上说的，李清照总能很快地指出这句话的出处，帮他解决难题。他们还用喝茶的方式进行比赛，谁说得又

快又准确，谁就先喝茶，谁说得慢，就只能看着另一个人喝茶。这时候，他们像两个孩子一样，胜利的人会兴奋地举茶大笑，得意扬扬，结果，茶水全洒在了衣服上。于是两人笑得更欢了，前仰后合的。那段日子，他们相互鼓励，互相促进，乐在其中。

后来，赵明诚被派到外地做官。重阳节的时候，李清照很想念赵明诚，就写了一首《醉花阴》寄给他：

薄雾浓云愁永昼，瑞脑消金兽。佳节又重阳，玉枕纱厨，半夜凉初透。

东篱把酒黄昏后，有暗香盈袖。莫道不消魂，帘卷西风，人比黄花瘦。

"永昼"指漫长的白天。"瑞脑"就是一种香料，俗称冰片。"金兽"指兽形铜香炉。"玉枕"就是玉制的枕头。"纱厨"即纱帐。"东篱"指菊花园。"帘卷西风"是"西风卷帘"的倒文，意思是西风吹动帘子。词的意思是说：薄雾弥漫，云层浓密，该怎样消磨这漫

如果诗词会讲故事·宋词篇

长的一天？金兽炉中火渐暗，龙脑香料已烧完，佳节又到重阳日，我躺在白玉枕上，碧纱帐中，半夜的凉气将全身浸透。饮酒菊花园，直喝到傍晚，幽幽菊香把衣袖装满。别说我不会把你思念，西风卷起门帘时就能看见，我已经比那些菊花还要清瘦。

这是一首在重阳节思念亲人的作品。作者用深沉的感情描绘出了当时的天气和风景，表现了自己心中强烈的思念和伤感。其中"莫道不消魂，帘卷西风，人比黄花瘦"，运用巧妙的艺术手法，生动地烘托和表现出作者内心思念远方亲人的悲哀和愁苦。

赵明诚收到这首词后，越看越喜欢，于是，他把自己关在屋子里，三天三夜不出门，想写出更好的诗词回寄给妻子，他也用"醉花阴"的词牌，一口气写了五十首词。

词写好之后，正好他的好友陆德夫来拜访他。闲谈中，陆德夫笑着对赵明诚说："赵兄，这几天听说你关在家里写词，能不能拿出来，让我欣赏欣赏？"

赵明诚把李清照的那首词夹在自己的作品里，一起递给好友欣赏。陆德夫仔细地看了半天，最后说："只有三句词写得最好。"赵明诚赶紧问："哪三句？"陆德夫回答说："莫道不消魂，帘卷西风，人比黄花瘦。"

赵明诚一听，又是高兴，又是惭愧，只好承认李清照的诗词确实比自己写得好。

司马光砸缸

居洛初夏作

[宋] 司马光

四月清和雨乍晴，南山当户转分明。
更无柳絮随风起，惟有葵花向日倾。

　　司马光是北宋时的一位名人。据说他出生的时候，他的父亲司马池正担任光山县的县令，于是，就给他取了个名字叫"光"。司马光小时候，非常爱听别人讲《左传》的故事。每听一段历史故事，回来就讲给家里的大人听，总是大致不差。他读起书来也特别用功，不论是炎热的夏天，还是寒冷的冬天，他总是捧着书，读得非常认真，甚至达到了废寝忘食的境界。

　　司马光不但读书用功，而且还很机灵。有一天，他跟小伙伴们在院子里一起做游戏，大家又跑又跳，玩得开心极了。

　　院子里有美丽的花草，有高大的树木，还有水池和假山。小伙伴们一会儿玩藏猫猫，一会儿比赛爬树。

　　可是，有一个小伙伴实在太调皮。当时院子里有一口大水缸。别人只是爬到树上玩，爬到假山上玩，这个淘气的小家伙，居然独自爬到缸沿上边玩。这口水缸又大又深，缸沿也十分光滑。

　　这个淘小子很想看看缸里边有什么东西，于是，他费力爬到缸沿上边。他回身刚要招呼小伙伴们看看自己的"英雄"形象，结果

如果诗词会讲故事·宋词篇

一不小心，脚底一滑，就掉到缸里面去了。那口大缸盛满了水，如果不马上把人抢救出来，会出人命的。

其他孩子一见出了事，有的吓傻了，一动也不动，有的一边大声哭喊，一边往外边跑，去喊大人来营救。

司马光不仅没有跑，也没有喊，而是飞快地奔向墙角，只见他费力地抱起大石头，用力朝大水缸砸了过去。就听砰的一声，水缸被砸破，缸里的水哗哗地从砸破的大窟窿里流了出来，掉在水缸里的那个小伙伴得救了！

大人们赶来，看到孩子们都很平安，了解清楚情况后，他们都夸司马光既聪明机智，又沉着勇敢。

当时还有人把这件事画成一幅画，广泛宣传。这就是大人们经

常给小孩子讲的"司马光砸缸"的故事，后来还被写入《宋史》，勉励后人。

十五岁时，司马光写的文章就受到很多大人的夸奖。二十岁的时候，他就考中进士。尽管很早就出名了，但是司马光并不骄傲，还是继续努力学习，后来成了一位非常有成就的文学家和政治家。他主编完成的多卷本编年体史书《资治通鉴》，至今仍是重要的历史研究资料。他的诗词写得也很不错，来看看他写的《居洛初夏作》：

四月清和雨乍晴，南山当户转分明。

更无柳絮随风起，惟有葵花向日倾。

这首诗细腻描写了初夏的美丽风景和闲适生活。诗的意思是说：初夏的天气清爽又暖和，刚下过一场雨，对面的南山更加青翠和明净。再也没有柳絮随着风乱飞，只有葵花的小花盘向着太阳盛开。

苏老泉读书

三字经（节选）

苏老泉，二十七。
始发愤，读书籍。
彼既老，犹悔迟。
尔小生，宜早思。

北宋时期，在四川成都府眉州眉山（今四川省眉州市），有一个人姓苏名洵，号老泉。苏老泉不喜欢读书。他为人仗义，喜欢帮助人，经常和一帮朋友们喝酒下棋，玩得很开心。他的夫人程氏经常劝苏老泉读书，增长知识，苏老泉听了，总是摇摇脑袋，笑一笑，根本就听不进去。

有一天，苏老泉因为喝酒得了病，躺在家里的床上休息。程氏就提笔在卧室的墙上写了几句话：

童年读书，日在东方。

少年读书，日在中央。

壮夫读书，两山夕阳。

老来读书，秉烛之光。

人不知书，悠悠夜长。

这几句话的意思是说：童年读书，好像东方升起的朝阳；少年读书，好像太阳在头顶；壮年读书，好像两山中间的夕阳；老年读书，好像点着蜡烛的光亮。可是如果不读书，就像长长的夜晚一样，看不清前面的路。

苏老泉看到这几句话，忽然醒悟，感叹道："夫人说得太对了。我今年二十七岁了，荒废了太多时间。如果再不读书，后悔都来不及了。"于是，他开始刻苦攻读，再也不浪费时间了，他也逐渐感受到读书的乐趣。他刚开始看到与自己一起学习的人，学问都超不过自己，就以为自己的学问已经足够。后来，他发现自己文思越来越贫乏，才开始自省，认为自己还有进步的空间，于是就烧光以前写的所有文章，取出《论语》《孟子》及其他圣人、贤人的文章，一动不动地端坐在书桌前，整天阅读这些文章，就这样苦读了七八年。开始的时候，他对这些书籍的内容还感到困惑，过了一段时间，等到大致入门，又感觉他们的学问深不可测，令人吃惊。等到时间长了，书读得精通，他的内心才豁然开朗起来，多有会心之乐。

苏老泉读书彻底入了迷。有一年端午节，夫人看他一个人在书房用功，就剥好几个粽子，连同一个糖碟，送到他的书桌上。等夫人再进来帮他收拾桌子时才发现，他一心都在书中，居然把盛墨的砚台错当成了糖碟，拿粽子蘸墨汁吃了，那个糖碟里的糖却一点儿也没有动。从这个认墨为糖的逸事，也可以看出他读书是多么专心。

苏老泉家里还有两个儿子，名叫苏轼和苏辙，在父亲的带动下，他们都认真读书，刻苦学习。北宋嘉祐二年，四十九岁的苏老泉带着二十一岁的苏轼、十九岁的苏辙一起从四川出发，进京应试。当时的主考官是诗人欧阳修，副试官是诗人梅尧臣。他们对苏家父子的诗文非常喜欢，尤其对苏轼最为赞赏，欧阳修说苏轼"他日文章必独步天下"。后来，他们父子均被列入"唐宋八大家"，其中苏轼的成就最高，苏辙的官职最大，苏洵也留下了《六国论》等许多名篇。苏老泉父子三人又被人们合称为"三苏"，很受尊重。古代孩子们唱念的《三字经》中，就有专门夸赞苏老泉的句子：

苏老泉，二十七。

始发愤，读书籍。

彼既老，犹悔迟。

尔小生，宜早思。

苏老泉教子

题三游洞石壁

[宋] 苏 洵

洞门苍石流成乳，山下长溪冷欲冰。
天寒二子苦求去，我欲居之尔不能。

苏老泉把两个孩子都培养成大文学家，他的教子方法也受到后人的关注。其实苏轼和苏辙小的时候，也像苏老泉年轻时一样，对书本根本不感兴趣。苏老泉教育了他们哥俩很久，可是每逢叫他们来读书，他们还是咯咯笑着马上跑远，一点儿效果也没有。

苏老泉看儿子们年龄也不小了，不能再继续贪玩，心里很着急，可是又不能硬逼着孩子坐在书桌前。于是，他就根据孩子们的好奇心，想出了一个好主意。

他不再强求他们来读书，而是在他们玩得高兴的时候，故意躲在旁边的角落偷偷看书。当这两个孩子跑过来，问他在干什么时，他又把书藏起来，脸上还故意做出不愿意让他们知道自己在干什么的表情。

苏轼和苏辙觉得父亲一定藏了什么好东西，于是就趁苏老泉不在家的时候，悄悄地从书房里把书"偷"出来，一起认真地读起来。慢慢地，苏老泉用这个方法，让他们养成了热爱阅读的习惯，苏轼和苏辙从书中学到了很多知识。后来，苏老泉又逐渐引导他们多读经典，还告诉他们"士生于世，治气养心，无恶于身"，培养他们树立不同流俗的远大志向。等到两个孩子十来岁的时候，苏老泉就指导他们开始写作一些文章，教导他们通过《春秋论》来谈论学习经典的感想，同时也加深对经典的理解。有一次他出了一个作文题目《夏侯太初论》，苏轼的文章中有几句："人能碎千金之璧，不能无失声于破釜；能搏猛虎，不能无变色于蜂虿。"苏老泉对这几句大力表扬，让小苏轼特别有成就感。

他们家的学习氛围非常浓厚，也非常有趣。苏老泉没有一点儿父亲架子，经常和孩子们玩一些对对子和对诗的游戏。有一天，苏洵和苏轼、苏辙一起在眉山游览。山清水秀，风景很美。溪水从山石上曲曲折折地流过，清凉的微风送来一阵阵迷人的花香。

苏老泉沿着山路向上攀登，越走风景越美，越看心里越高兴，他不由得诗兴大发，忙唤来跑在前面的苏轼和苏辙，对他们说道：

"这么好的美景，不能没有诗。现在我挑出'冷'和'香'两个字，我们各自吟两句诗，而且要把这两个字各作为上下句的末尾一个字，怎么样？"

苏轼和苏辙一起回答说："好，试试吧。"

苏老泉很高兴，首先吟出两句诗来："水向石边流出冷，风从花里过来香。"

苏轼听了父亲的诗句，认为有些平常和俗套，觉得不是太好。正当他思考怎样写出更好的诗句时，调皮的弟弟苏辙开口说话了："哥哥平日写诗很快，怎么现在却被难住了？"

苏轼一听，微微一笑，慢悠悠地吟出了两句诗："拂石坐来衣带冷，踏花归去马蹄香。"

苏辙也是一位很有才华的人，听了父亲和哥哥的诗句，他觉得还是哥哥的要好一些，但是，哥哥的诗也不是那么让他满意。他暗想：哥哥的诗句想象新奇，但不美好，马蹄把鲜花都踏碎了。可怎么吟出两句更满意的诗呢？苏辙正在动脑筋想，忽然听到几声杜鹃鸟的啼鸣，他灵机一动，随口吟出两句诗来："叫月杜鹃喉舌冷，宿花蝴蝶梦魂香。"

苏辙的诗句刚一吟出，苏老泉和苏轼齐声夸赞，说他吟的诗最好。

小朋友，把他们三人的诗句比较一下，让你的家长或老师给你讲讲，苏辙的诗好在哪里呢？

北宋嘉祐四年，苏老泉带着苏轼、苏辙路过湖北夷陵，共游三游洞，各写了一首诗，描写了当地的风光和游览三游洞的感受。苏老泉的诗是这样写的：

　　洞门苍石流成乳，山下长溪冷欲冰。

　　天寒二子苦求去，我欲居之尔不能。

苏轼的诗是这样写的：

　　冻雨霏霏半成雪，游人屡冻苍苔滑。

　　不辞携被岩底眠，洞口云深夜无月。

苏辙的诗是这样写的：

　　昔年有迁客，携手醉嵌岩。

　　去我岁已百，游人忽复三。

手抄《汉书》

浣溪沙·游蕲水清泉寺

[宋] 苏 轼

　　山下兰芽短浸①溪，松间沙路净无泥，萧萧②暮雨子规③啼。

　　谁道人生无再少④？门前流水尚能西，休将白发⑤唱黄鸡⑥。

注释

① 浸：指泡在水中。

② 萧萧：此处形容雨声。

③ 子规：杜鹃鸟，鸣声凄厉，常借以抒写羁旅之思。

④ 无再少：不能回到少年时代。

⑤ 白发：指老年。

⑥ 唱黄鸡：此处感慨时光的飞快流逝。

　　苏轼，字子瞻，号东坡居士，诗、词、文、书、画都有很高成就，是"唐宋八大家"之一，词是宋词"豪放派"的代表。苏轼小时候就非常聪明，他的知识很丰富，又很会写文章，多次受到人们的赞扬，所以就有些骄傲。

　　有一天，苏轼在自己家的门前手书一联："识遍天下字，读尽人间书。""遍"与"尽"这两个字，生动刻画出苏轼当时的自负和傲气。没料到，几天以后，一位白头发的老爷爷专程来他们家，向苏轼"求教"。他请苏轼认一认他带来的书。

　　苏轼满不在乎，接过一看，却顿时傻了眼：书上的字一个也不认识！心高气傲的苏轼不由得脸红起来，只好连连向老爷爷行礼，请他教自己认识那上面的字。老爷爷教会了他，就含笑飘然离去。

苏轼羞愧难当，跑到门前，在那副对联上各添上了两个字，对联的意思就全变了：发愤识遍天下字；立志读尽人间书。

后来，他果然再也没有骄傲，而是勤奋用功，刻苦学习，取得了很高的艺术成就。他一生三次抄写《汉书》的故事，至今还受到人们的称赞。

公元1079年，苏轼被人罗织罪名并关进监狱。到了第二年二月，被贬至黄州（今湖北省黄冈市）担任团练副使。这时他已经四十多岁了，生活也十分艰难，需要去山坡上开荒种地，才能维持一家人的生活。可是劳动之余，他一点儿也没有灰心，仍旧坚持写作和学习，并且还挤出时间，开始了第三次手抄《汉书》。

《汉书》，又称《前汉书》，是中国第一部纪传体断代史，由东汉史学家班固历时二十余年编撰完成，主要记述了上起西汉的汉高祖元年（公元前206年），下至新朝王莽地皇四年（公元23年）共230年的史事。全书包括本纪十二篇、表八篇、志十篇、列传七十篇，共一百篇，后人划分为一百二十卷，全书约八十万字。古代人的书写工具有限，只能用毛笔抄写。仅仅是抄写一遍《汉书》已经很不容易，更何况苏轼前后抄写了三遍，而且还基本采用了背诵的方式。

苏轼年少的时候曾经手抄《汉书》，那时是以三个字为题，也

就是书中叙述某事件，他只抄其中三个字，然后就能凭这三个字把这件事记在心里。他青年的时候试着以两个字为题，又背诵着抄写了一遍。到了黄州以后，已经人到中年了，他只以一个字为题，把《汉书》有关的内容再次背诵着写了一遍。他的朋友朱载去拜访他，任意挑选一册《汉书》，任意抽选其中一个字考他，苏轼都能马上应声背出几百字的内容来，没有一处错漏，由此可见苏轼勤奋刻苦的程度。

苏轼游览黄州的蕲水清泉寺，见到寺庙下边的兰溪不像别的地方的河流一样往东边流，而是往西边流淌。苏轼对此很有感触，就写了一首《浣溪沙》，抒发自己坦荡旷达的乐观心态：

山下兰芽短浸溪，松间沙路净无泥，萧萧暮雨子规啼。

谁道人生无再少？门前流水尚能西，休将白发唱黄鸡。

兰溪出于箬竹山，溪旁多兰花，所以叫兰溪。"兰芽"就是兰

草的芽。"子规"是鸟名，也就是杜鹃鸟。"白发"指白头发，这里借指老年。"黄鸡"指小鸡，这里指年轻人。词的意思是说：山下的小溪流水清清，岸边的兰草嫩芽短短。松林间的沙路多干净，一丁点儿尘泥也看不见。傍晚的细雨潇潇洒落，杜鹃的啼声传出好远。是谁说人生老得快，永不能重新回到少年？门前这条潺潺的兰溪，还能够掉头流向西边。所以不要在年老时感叹时光的流逝。

这首词表达了作者热爱生活、乐观向上的人生态度。词的上阕写暮春三月兰溪幽雅的风光和环境，下阕以充满激情的语言，揭示有关人生的哲理，流露出作者对青春活力的赞美和对美好希望的向往。作者巧妙地借用眼前的景物，用兰溪不向东流而向西流的现象，来肯定"人生可以再少"这个答案。这就把看似不合理的道理表现得合理了，同时也抒发了作者乐观豪迈、不怕困难的心情。

石钟山

夜坐联句

[宋]苏轼　苏迈

清风来无边，明月翳复吐。
松声满虚空，竹影侵半户。
暗枝有惊鹊，坏壁鸣饥鼠。
露叶耿高梧，风萤落空庑。
微凉感团扇，古意歌白紵。
乐哉今夕游，复此陪杖屦。
传家诗律细，已自过宗武。
短诗膝上成，聊以慰怀祖。

苏轼的儿子苏迈要到饶州德兴县（今江西省上饶市德兴县）担任县尉，苏轼去送他上任。在经过鄱阳湖边的石钟山的时候，天色暗了下来。于是，他们在山下的一个寺庙里借宿。晚饭后闲谈，不知怎么就谈论起了石钟山名字的来历。

苏迈说："古书《水经注》上写着，这座山下面有一个深潭，微风掀起波浪时，水和石互相撞击，发出的声音像大钟一样，所以这座山叫'石钟山'。"苏轼对这种说法表示怀疑，他说："现在把钟和磬放在水里，即使风浪再大，也不能使它发出声音，何况石头呢？"

如果诗词会讲故事·宋词篇

庙里的老和尚听到了他们的讨论，哈哈笑了起来，叫一个小童领他们到山上，拿着锤子在石头上敲打，石头发出硁（kēng）硁的声音。然后，老和尚解释说，这座山一敲就发出硁硁的声音，所以人们把这座山叫作石钟山。

这种说法，苏轼觉得还是很牵强。他想：哪里的石头一敲，都会发出这种声音，为什么别的山不叫石钟山呢？

苏迈想去再查一些资料，弄明白这件事。苏轼说："我们还是去实地考察一下吧。"

当晚月色皎洁，苏轼和儿子坐小船来到绝壁下面。大石壁高达千尺，活像凶猛的野兽要扑过来抓人似的。树上栖息的怪鸟听到声音，受了惊吓，扑啦啦飞了起来，在空中发出凄厉的鸣叫，让人听了很害怕。正在这时，水面上又传来另外一种奇怪的巨大声音，轰轰地响着，像击鼓敲钟一样不停。苏轼叫船夫把船划过去，仔细地观察，原来大石壁下的石头因为长期受到水的冲击，形成好多洞穴和裂缝，大小、形状、深浅各不相同。水流进里面，冲荡撞击，便发出来这种奇怪的轰轰的声音。

船往回划的时候，又遇到一块大石头挡在水流中心，上面也有很多窟窿，波浪进出那些窟窿，发出哗啦哗啦的声音，跟先前轰轰的声音互相应和，好像演奏音乐一样。苏轼恍然大悟，笑着对苏迈说："你明白了吗？发出轰轰响声的，就像是周景王的无射钟；发出哗啦哗啦响声的，就像是魏庄子的歌钟。这才是石钟山名字的真正来历啊！"

回去的路上，他告诫苏迈："事情没有亲耳听到、亲眼看到，却主观地推断它的有无，能行吗？你应当记住，'事不目见耳闻，而臆断其有无'，是不可能找到正确答案的！"

苏迈是苏轼的长子，多年陪伴在他身边，得到他的很多教诲。有一次静夜对坐，父子二人以"夜坐"为题联句赋诗如下：

　　清风来无边，明月翳复吐。（苏轼）

　　松声满虚空，竹影侵半户。（苏迈）

　　暗枝有惊鹊，坏壁鸣饥鼠。（苏轼）

　　露叶耿高梧，风萤落空庑。（苏迈）

　　微凉感团扇，古意歌白纻。（苏轼）

　　乐哉今夕游，复此陪杖屦。（苏迈）

　　传家诗律细，已自过宗武。（苏轼）

　　短诗膝上成，聊以慰怀祖。（苏迈）

这首诗描写了他们居所的夜景，表达了父子二人旷达恬淡的心情，写得有声有色，生趣盎然，受到历代读者的喜爱，一直流传下来。

山寺借茶

浣溪沙·簌簌① 衣巾落枣花

[宋] 苏 轼

簌簌衣巾落枣花，村南村北响缫车②，
牛衣③古柳卖黄瓜。

酒困路长惟欲睡，日高人渴漫思茶④，
敲门试问野人家。

注释

① 簌簌：下落的样子。
② 缫（sāo）车：缫丝车。
③ 牛衣：蓑衣，泛指用粗麻织成的衣服。
④ 漫思茶：想随便去哪儿找茶喝。

这是北宋诗人苏轼写的一首《浣溪沙》。"簌簌"形容枣花落下的样子，也指纷纷落下的声音。"缫车"是一种缫丝的车，用来把蚕茧浸在热水里抽出蚕丝。"牛衣"是用草或乱麻编织成的东西，冬天用来给牛穿上御寒，此处借指粗麻布做的衣服。"野人家"指村里农夫的家。诗的意思是说：枣花簌簌，落在衣服和头巾上，村南村北，传来缫丝车的声响。穿粗布的农夫坐在老柳树下，一声接一声叫卖新摘的黄瓜。我酒后很困倦，尽管路还远，只想睡一觉，不愿再向前。烈日高照，口渴难忍想喝茶，轻轻敲门，探问村里农家。这首词描写了初夏乡间生活的生动情景和农家风味，还记叙了

47

作者在路途上的经历和感受，清新朴实，生动传神。作者是官员，却并不傲慢，而是很有礼貌地敲门向村里的农家求茶，这显示出作者热爱乡村和农民的平易朴实的情感，另一方面，也从侧面表现了农民的乐善好施，暗示了乡间民风的淳朴。无论他到谁家里要茶喝，都能受到热情的接待。

　　但是这种待遇也不是处处都有。有一次，苏轼在浙江莫干山游览，走着走着，他又口渴了，附近有一座寺庙，他就上前去讨茶喝。

　　"咚咚咚……"苏轼敲开寺门，寺里的老和尚上下打量他，只见他穿的衣服很简朴，不像个有钱人，于是，老和尚十分冷淡地指一指墙角的木椅，说："坐！"又扭头招呼寺里的小和尚，说："茶！"

　　苏轼微微一笑，并没有生气，而是非常礼貌地道了一声谢，就跟老和尚聊起天来。

　　聊了一会儿，老和尚见这位先生谈吐不凡，很有才华，就赶紧站了起来，把苏轼让进寺庙的厢房，语气很客气地对他说："请坐。"又吩咐小和尚说："敬茶！"

　　苏轼不慌不忙地坐下，又接着跟老和尚聊天。

　　当老和尚终于知道来客竟是大文豪苏轼时，他急忙站起身，一脸笑意，恭恭敬敬地把苏轼让到寺庙的正厅，说："请上坐！"又吩咐小和尚："敬香茶！"

　　临别的时候，老和尚恳请苏轼给他的寺庙写一副对联，留作纪念。苏轼微微一笑，提起笔就唰唰唰地写了起来："坐，请坐，请上坐；茶，敬茶，敬香茶。"

老和尚看了这副对联，十分尴尬，再三向苏轼道歉，非常恭敬地一直把他送出了寺门。

佛印对答 🌀

题茶诗与东坡

[宋] 释了元

穿云摘尽社前春，一两平分半与君。

遇客不须容易点，点茶须是吃茶人。

大才子苏轼有个好朋友释了元，号佛印，是圣山寺的一位和尚。佛印的文学功底很扎实，性格幽默诙谐，和苏轼特别谈得来。他们两位经常互相对诗和辩论，也不时开个小玩笑。

有一天，苏轼到佛印所在的寺庙里去拜访，佛印把苏轼直接请到自己的卧室，一起盘着腿坐在床上聊天。聊到高兴的时候，苏轼问佛印和尚："你看我现在像什么？"

佛印和尚说："我看你盘着腿坐着的样子，很像一尊佛。"

苏轼高兴地哈哈大笑。

随后，佛印和尚问苏轼："你看我现在像什么？"

苏轼想跟他开个玩笑，就说："我看你盘着腿坐着的样子，像一堆牛屎。"

佛印和尚笑笑，没有说话。

苏轼以为他胜利了，回家后沾沾自喜地和他妹妹苏小妹说起这件事。他妹妹说："哥哥，我看你并没有胜利。佛印的心里是佛一样的境界，所以看你就像一尊佛。而你的心里像一堆牛屎一样，看佛印当然也就像一堆牛屎了。"苏轼一听，脸色马上变了。

又有一天，苏轼游览江苏镇江的金山禅寺，越看越高兴，顿时诗兴大发，张口吟了两句诗："八风吹不动，端坐紫金莲。"

苏轼认为他这两句诗吟得很好，于是回家后马上找来纸笔写下，派书童送给佛印和尚看。

佛印和尚随手翻了一翻，提笔在上面写了两个字："放屁！"随后就让书童带回交给苏轼。

苏轼本来想听听佛印的夸奖，没想到佛印和尚批的是"放屁"两个字，他很不高兴，马上乘船过江找到佛印和尚的寺庙，要跟他辩论。

佛印和尚看到苏轼气呼呼的样子，非常好笑，就说："八风吹不动，一屁打过

江。你不是八风吹不动吗？怎么一屁就被打过江来了呢？"

苏轼这才领悟到佛印的用意，也哈哈大笑起来。

佛印拉住他的手，热情地说："既然来了，就坐下吃茶吧。正好有一点点好茶，想要和先生分享。"于是就请苏轼入座吃茶，还吟了一首题茶诗：

穿云摘尽社前春，一两平分半与君。

遇客不须容易点，点茶须是吃茶人。

意思是说：茶虽少，但是要送给懂茶的人来喝。

东坡为了答谢佛印，一边喝茶，一边也吟出了一首题茶诗回赠：

嫩叶馨香两味过，感师远托隔烟萝。

烹来一盏精神爽，好物元来不用多。

佛印对苏轼的赠诗大为赞赏，接着说道："僧窗前本来有两棵松树，昨晚风吹折了其中一棵，我为这件事写了两句诗，可惜写不下去了。"说完吟道："龙枝已逐风雷变，减却虚窗半日凉。"

苏轼想了想，续道："天爱禅心圆似镜，故添明月伴清光。"

佛印听到苏轼续的两句诗，非常满意，一遍遍吟诵起来，连声称赞。

苏轼觉得自己的面子又赚了回来，吃完了茶，他就告别佛印，高高兴兴地回去了。

长歌解读

赏花归

[宋] 苏 轼

赏花归去马如飞，
去马如飞酒力微。
酒力微醒时已暮，
醒时已暮赏花归。

　　传闻，苏东坡的妹妹叫苏小妹，聪慧过人，博学强识，诗歌和文章都写得很好。有人为秦观来向她提亲，她说："请先拿他写的诗歌和文章来给我看看。"看完之后，她才说道："这个人的水平大致和我二哥苏子由差不多，但还赶不上我大哥苏东坡。"

　　当时苏东坡在翰林院工作，苏小妹去看他，正赶上僧人佛印给苏东坡寄来一首奇怪的长歌，是这样写的：

野野 鸟鸟 啼啼 时时 有有 思思 春春 气气 桃桃 花花

发发 满满 枝枝 莺莺 雀雀 相相 呼呼 唤唤 岩岩 畔畔 花花

红红 似似 锦锦 屏屏 堪堪 看看 山山 秀秀 丽丽 山山 前前

烟烟 雾雾 起起 清清 浮浮 浪浪 促促 潺潺 湲湲 水水 景景

幽幽 深深 处处 好好 追追 游游 傍傍 水水 花花 似似 雪雪

梨梨 花花 光光 皎皎 洁洁 玲玲 珑珑 似似 坠坠 银银 花花

折折 最最 好好 柔柔 茸茸 溪溪 畔畔 草草 青青 双双 蝴蝴

蝶蝶 飞飞 来来 到到 落落 花花 林林 里里 鸟鸟 啼啼 叫叫

不不 休休 为为 忆忆 春春 光光 好好 杨杨 柳柳 枝枝 头头

春春 色色 秀秀 时时 常常 共共 饮饮 春春 浓浓 酒酒 似似

醉醉 闲闲 行行 春春 色色 里里 相相 逢逢 竞竞 忆忆 游游

山山 水水 心心 息息 悠悠 归归 去去 来来 休休 役役。

苏东坡左读右读，却总也读不懂，嘟囔着："佛印葫芦里卖的是什么药？"恰好苏小妹在旁边，就把佛印的长歌拿起来读了一下，马上就明白了佛印的意思，然后一一告诉苏东坡。苏东坡大笑，说："我妹妹真聪明啊。"

因为翰林院有很多在外面见不到的书，苏小妹想多读读，就给秦观写了一封信，随信把佛印的长歌也寄给他，想要考一考他。

很快，秦观的信就寄了回来，也把佛印的长歌"解读"了出来：

野鸟啼。野鸟啼时时有思。有思春气桃花发，春气桃花发满枝。满枝莺雀相呼唤，莺雀相呼唤岩畔。岩畔花红

如果诗词会讲故事·宋词篇

似锦屏，花红似锦屏堪看。堪看山山秀丽。秀丽山前烟雾
起。山前烟雾起清浮。清浮浪促潺湲水，浪促潺湲水景幽，
景幽深处好追游，深处好追游傍水。傍水花似雪梨花，似
雪梨花光皎洁。梨花光皎洁玲珑，玲珑似坠银花折。似坠
银花折最好，最好柔茸溪畔草。柔茸溪畔草青青，双双蝴
蝶飞来到。蝴蝶飞来到落花，落花林里鸟啼叫。林里鸟啼
叫不休，不休为忆春光好。为忆春光好杨柳，杨柳枝头春
色秀。枝头春色秀时常，时常共饮春浓酒。共饮春浓酒似
醉，似醉闲行春色里。闲行春色里相逢。相逢竞忆游山水。
竞忆游山水心息。心息悠悠归去来，归去来休休役役。

随着"解读"，还写了一首五言诗送给苏小妹：

字字作联珠，行行如贯玉。想汝直一览，顾我劳三复。

裁诗思远寄，因以其类触。汝其审思之，安表予心曲。

不过，这首诗旁边，还附着一行奇怪的字：

55

静思伊久阻归期忆别离时闻漏转静思伊

收到秦观的回信时，苏东坡与苏小妹正在湖上游玩。苏小妹看了秦观回信上那行奇怪的字，说道："他也用佛印这种方式来考我呢。"于是，望望湖上的采莲人，写了一首《采莲歌》，让人捎回给秦观。这首《采莲歌》的排列方式也很奇怪：

采莲人在绿杨津一阕新歌声漱玉采莲人

苏东坡拦住送信人，说："我也给秦观写几句话吧。"于是写了这首奇怪的《赏花归》：

赏花归去马如飞酒力微醒时已暮赏花归

秦观收到苏东坡和苏小妹的信，会心地笑了。原来，他们三人写的其实是七绝。

秦观的《静思伊》是：

静思伊久阻归期，久阻归期忆别离。

忆别离时闻漏转，时闻漏转静思伊。

苏小妹的《采莲歌》是：

采莲人在绿杨津，在绿杨津一阕新。

一阕新歌声漱玉，歌声漱玉采莲人。

苏东坡的《赏花归》是：

赏花归去马如飞，去马如飞酒力微。

酒力微醒时已暮，醒时已暮赏花归。

吹落黄花满地金

念奴娇·赤壁怀古

[宋] 苏 轼

大江①东去，浪淘尽，千古风流人物②。故垒③西边，人道是，三国周郎赤壁。乱石穿空，惊涛拍岸，卷起千堆雪④。江山如画，一时多少豪杰。

遥想⑤公瑾当年，小乔初嫁了，雄姿英发⑥。羽扇纶巾⑦，谈笑间，樯橹⑧灰飞烟灭。故国⑨神游⑩，多情应笑我，早生华发⑪。人生如梦，一尊还酹江月⑫。

注释

① 大江：长江。

② 风流人物：指杰出的历史名人。

③ 故垒：旧时遗留下来的营垒。

④ 雪：此处比喻浪花。

⑤ 遥想：此处指回忆。

⑥ 雄姿英发（fā）：体貌不凡，言谈卓绝的样子。

⑦ 羽扇纶（guān）巾：古代儒将的便装打扮，拿着羽毛制成的扇子，戴着青丝制成的头巾。

⑧ 樯橹：指曹操的水军战船。

⑨ 故国：指当年的赤壁战场。

⑩ 神游：在想象、梦境中游历。

⑪ 华发（fà）：指花白的头发。

⑫ 一尊还酹（lèi）江月：洒酒酬月，以此寄托自己的感情。

　　宋神宗元丰五年，也就是1082年，苏轼被贬官到黄州已经两年多了，他到黄州城外的赤壁（鼻）矶游览，回来写了一首《念奴娇·赤壁怀古》：

　　大江东去，浪淘尽，千古风流人物。故垒西边，人道是，三国周郎赤壁。乱石穿空，惊涛拍岸，卷起千堆雪。江山如画，一时多少豪杰。

　　遥想公瑾当年，小乔初嫁了，雄姿英发。羽扇纶巾，谈笑间，樯橹灰飞烟灭。故国神游，多情应笑我，早生华发。人生如梦，一尊还酹江月。

　　词的意思是说：长江滚滚东流去，多少杰出人物被大浪统统淘洗。旧日营垒再往西，人们说是三国时周瑜破曹军的赤壁战场。乱石嶙峋的山崖直插向云端，汹涌澎湃的波涛拍打着江岸，浪花急促地翻卷，如同千万堆白雪。江山像画一样壮美，一时间涌现出多少豪杰。遥想当年的周公瑾，小乔姑娘刚刚嫁过来，他英姿勃勃，意气风发，摇着羽扇，戴着纶巾，谈笑之间，曹操的水军就灰飞烟灭了。畅想三国故事，应该笑我太多情啊，早早地就白了头发。人生就像一场梦，这杯酒哇，还是祭奠江中明月吧。

这首词借对古代英雄的歌颂，来表达自己壮志难酬的郁闷心情。词的上阕主要描写赤壁风景，下阕主要塑造周瑜形象，并抒发自己的感慨。这首《念奴娇》历来被当作豪放派的代表作，这种"豪放"一方面表现在对赤壁景物的描写上，如"乱石穿空，惊涛拍岸，卷起千堆雪"等，另一方面表现在对人物形象的塑造上，如"羽扇纶巾，谈笑间，樯橹灰飞烟灭"等。全词气势磅礴，格调雄浑，意境宏大，视野开阔，确实不同凡响。

在这首《念奴娇》词中，苏轼把湖北黄州的赤壁当作了三国时发生赤壁之战的地方，其实，苏轼弄错了。当时就有人告诉过他，那个地方不是三国赤壁，但他还是在词中当作三国赤壁来描写。后来，人们就把苏轼填词的赤壁称为"文赤壁"，把在湖北蒲圻的真正的三国古战场称为"武赤壁"。

虽然苏轼很聪明，但有时候因为不仔细调查，也会犯一些错误，历史上留下不少他犯错误的故事。

有一回，苏轼去拜访宰相王安石，王安石正在睡觉。他被管家先引到书房用茶。苏轼看见桌上的砚匣下面露出一张纸的角，上前取出来一看，原来是两句没有写完的《咏菊》诗，他认出这是王安石的笔迹，上面写着："西风昨夜过园林，吹落黄花满地金。"

苏轼看完，忍不住笑了起来，他认为这两句诗是乱写。因为他觉得菊花不怕秋霜，即使焦干枯烂，花瓣也都长在枝上，不会被风吹落到地上，王安石说"吹落黄花满地金"，岂不是说错了？苏轼索性拿起笔，续写了两句诗："秋花不比春花落，说与诗人仔细吟。"

写完，苏轼想，如果王安石来到书房，看见这诗，当着面多不好看。思前想后，他觉得心里很不安，于是，他把诗稿重新折叠好，又压在了砚匣下面。然后，他迈出书房，跟看门的说了一声，就骑马走了。

不多时，王安石走进书房，看到苏轼留下来的两句续诗，心想：原来他还不知道黄州的菊花是会落瓣的！所以第二天上朝的时候，王安石偷偷给皇帝上了一道奏折，把苏轼派到湖北黄州去做一个小官。

苏轼只好去黄州上任，当地的朋友们给他送来好多菊花种子，他全种在了家中的后院里。第二年秋季里的一天，天气晴朗，苏轼忽然想起那些菊花，心想：今天正好可以去赏菊花了！

他走到后花园，才发现来晚了，菊花已经全都凋谢了，只看见满地凋落的花瓣，枝头上没有一朵完整的菊花。苏轼目瞪口呆，惊讶得半天没有说话。有人问道："为什么您看见菊花落瓣这么吃惊呢？"苏轼说："王安石派我来黄州，原来是让我看看这些落瓣菊花！"他接着说道："看来王安石的诗并没有写错，我倒是错了。今后我一定谦虚谨慎，不再轻易笑话别人了！"

王安石改诗

泊船①瓜洲

[宋] 王安石

京口瓜洲一水间，钟山只隔数重山。
春风又绿②江南岸，明月何时照我还。

注释

① 泊船：指停船。
② 绿：指春风吹绿两岸景色。

宋代的王安石是位著名的政治家和文学家，字介甫，号半山，抚州临川（今江西省抚州市）人。

他少年时读书就非常专心和认真。即使后来考中了进士，他仍然没有放松自己，还是坚持废寝忘食地日夜刻苦攻读。

他学习起来非常入迷，甚至连吃饭的时候，也在专心思考学习和创作的事情，有时连吃的是什么东西都不知道。有一次，他到别人家做客，一边吃饭一边思考问题，远处的菜他动也没动，只把眼前的一盘鹿肉丝全部吃掉了。于是，那家的主人就告诉王安石的夫人，说终于知道王安石最喜欢吃什么食物了。

王夫人很诧异，就问道："那你说他最爱吃什么？他在家里吃饭从不挑食，连我都不知道他最爱吃什么，你是怎么知道的呢？"

那家的主人说："他在我家吃饭的时候不吃别的菜，只把那盘鹿肉丝全部吃掉了，所以我知道他最喜欢吃的就是鹿肉丝。"

王夫人微微一笑，接着问道："鹿肉丝是不是摆在他面前？"

那个人说："是啊。"王夫人说："你明天把鹿肉丝放在最远的地方试试。"

那家的主人照做了，故意把鹿肉丝放在桌上离王安石最远的地方。结果发现，王安石又是只吃面前的一个菜，那盘鹿肉丝连动也没动。当主人告诉他桌子上有鹿肉丝时，他却一头雾水，不知道是怎么回事，可见他思考问题时多么专心。

因为性格倔强，喜欢独立思考，不肯人云亦云，王安石被称为"拗相公"。他主张变法，反对守旧，结果得罪了一大帮人，稀里糊涂被赶出了朝廷。可是到了五十五岁的时候，他忽然接到朝廷的通知，他被恢复了宰相职务，要赶快赴京师报到。他只好坐船从江宁上京师任职。当船慢慢悠悠驶到瓜洲的时候，天已经晚了，船夫就把船随意停泊在长江岸边。

王安石坐在船头眺望南岸的京口，想到这里离自己的家很近，于是写了一首《泊船瓜洲》：

京口瓜洲一水间，钟山只隔数重山。

春风又绿江南岸，明月何时照我还。

这首诗用优美的辞藻和清丽的想象抒发了对家乡的思念和眷恋。诗人在瓜洲遥望长江南岸的京口，想到江南江北仅仅隔着一条长江，接着又从京口想到自己的家也在长江南岸的钟山下，和京口只隔着数重青山，没有多远距离。诗人想到春风吹绿江南，自己的家乡也应该是美不胜收了。这样归家就有了两个理由，一是距离近，二是家乡美。可是作者最后却用了一个疑问句，委婉暗示了自己有家却归不得的苦楚和无奈。其中"明月照我还"的美丽想象，反衬出内心强烈的怀乡之悲。用乐景衬悲哀，更突出了心中伤感。第三句"春风又绿江南岸"中的"绿"字非常有名，传说他反复修改了很多次，换了好多字，最后才选中了这个"绿"字。"绿"字把看不见的春风变成了色彩鲜明的具体形象，历来被人称赞。

　　刚开始，他写的是"春风又到江南岸"。后来，他对"到"字不满意，于是改为了"过"字，接着又改为"入"，后来又改为"满"，翻来覆去修改了十几个字，最终才定稿为"绿"字。从这个"绿"字的修改过程，也可以看出王安石对作诗的认真态度。

兄妹考秦观

鹊桥仙·纤云①弄巧②

[宋] 秦 观

纤云弄巧，飞星③传恨，银汉④迢迢⑤暗度⑥。

金风玉露⑦一相逢，便胜却人间无数。

柔情似水，佳期如梦，忍顾⑧鹊桥归路。

两情若是久长时，又岂在朝朝暮暮。

注释

① 纤云：轻盈的云彩。
② 弄巧：指云彩在空中幻化成各种巧妙的花样。
③ 飞星：流星。也指牵牛、织女二星。
④ 银汉：银河。
⑤ 迢迢：遥远的样子。
⑥ 暗度：悄悄渡过。
⑦ 金风玉露：指秋风白露。
⑧ 忍顾：怎忍回视。

秦观是北宋的诗词名家，很有才华。传说他娶的妻子是大文学家苏轼的妹妹苏小妹。他们举行婚礼的那天，苏小妹出了三个难题来考秦观，只有答对了才准许进入洞房。

前两个题是猜诗谜和按题目写诗，秦观稍微一思索，马上就答了出来。第三个题目是对对联。苏小妹出上联，要秦观来对下联。秦观五六岁便会对句，根本没把苏小妹的题目当一回事。可是当苏小妹说出她的上联"闭门推出窗前月"，秦观再也不敢轻视这个题目了。因为这个上联看似平常，实际上却很巧妙，非常难对。因为这一联包含了"闭"和"推"两个相反的动作。

秦观站在窗外，左思右想，怎么也对不出来。恰巧苏轼这时候还没有休息，他见秦观在院子里来来回回不停地走动，嘴里反复念叨"闭门推出窗前月"，苏轼觉得很好笑。他想悄悄帮帮秦观。苏轼见秦观走到一个盛满水的石缸前，他灵机一动，往缸中投进一块小石子。水溅出来，落到秦观脸上，秦观刚要发火，忽然看见星星和月亮在水里晃动，他突然明白了，提笔写出下联："投石冲开水底天。"第三个难题，他终于答了出来。

过了几天，苏轼和秦观出城游玩，见小路上有个用三块石头垒起的"磊桥"。苏轼也想考一考秦观。于是，他用脚踢了一下石桥，吟出一句上联："踢掉磊桥三块石。" 然后回头看看秦观，等他对下联。

秦观想了很久，还是没有对出下联。回到家里，他有些不太高兴。苏小妹看秦观很沉闷，一问才知道是为了一句对联。秦观把苏轼出的上联告诉她后，她在一张纸上写了个"出"字，然后用剪刀剪成两段，做完这些，也不说话，只是看着秦观笑。秦观顿时明白，赶紧找到苏轼说出了下联："剪开出字两重山。"苏轼听了，满意地点了点头。

过了一段时间，皇帝派秦观去外地工作，他和苏小妹只好暂时分开。到了七夕节，秦观写了一首《鹊桥仙》寄给苏小妹，借牛郎织女的故事表达对苏小妹的真挚情感。这首词是这样写的：

　　纤云弄巧，飞星传恨，银汉迢迢暗度。金风玉露一相逢，

便胜却人间无数。

　　柔情似水，佳期如梦，忍顾鹊桥归路。两情若是久长时，

又岂在朝朝暮暮。

　　"纤云"暗示织女想念牛郎的心情，"飞星"暗示牛郎织女终年不得见面的离恨。"金风""玉露"暗示他们珍贵幸福的相会时光，烘托出了他们纯洁高尚的心灵、真挚美好的感情。词的意思是说：轻盈的云朵翻弄着花样，飞动的流星传递着愁怨。银河的波涛又长又宽，牛郎织女悄悄渡过水面，在秋风白露的七夕相会，便胜过人间无数的爱恋。温柔的情意像水一样绵长，相会的时光像梦一样短暂，怎忍心回头把那鹊桥归路看。如果两个人能够相爱到永远，又何必一定相守在每一天。

　　这首词描写的是牛郎织女鹊桥相会的神话，歌颂了真挚长久、纯洁坚贞的爱情。上阕写二人相会的情景，下阕写依依不舍的情感。全词意境空灵，想象新奇，婉约含蓄，余味悠长。作者把抒情、写景和议论结合在一起，非常有特色，尤其是最后两句，成为千古传诵的名句。

双井神童

牧童诗

[宋] 黄庭坚

骑牛远远过前村，短笛横吹隔陇^①闻。

多少长安^②名利客，机关用尽^③不如君。

注释

① 陇（lǒng）：通"垄"，田垄。
② 长安：唐代京城。
③ 机关用尽：用尽心机。

黄庭坚出生在洪州分宁（今江西省九江市修水县）双井村，他的父亲和舅舅都是诗人，很小的时候就教他作诗。他五岁的时候，已经把《论语》《大学》《中庸》等书背得滚瓜烂熟。有一次，他问老师："我经常听大人们谈论《春秋》，先生您怎么不教我读这本书呢？"

先生说："《春秋》有点儿深奥，你还理解不了。你能背《论语》《大学》这些书就已经很不错了，现在不用读《春秋》。"

黄庭坚说："既然《春秋》被很多人谈论，必有过人之处，焉得不读？"于是他自己找到《春秋》，细细阅读，过了十日就能全部念下来，上面的字没有不认识的了。

他的舅舅很喜欢他，每次到家里来做客时，都喜欢拿下书架上的书来考考小庭坚。无论舅舅提问哪本书上的问题，他都能够应声回答上来。有一回，舅舅指着院子里的一棵桑树，出了一个上联"桑养蚕，蚕结茧，茧抽丝，丝织锦绣"，问他能不能对个下联。小黄庭坚看了看书桌上的毛笔，应声答道："草藏兔，兔生毫，毫扎笔，笔写文章。"舅舅非常高兴，逢人就夸奖小庭坚。

黄庭坚七岁的时候，家里给他办了一个生日宴会，来了好多喜欢他的叔叔伯伯，热闹非凡。这时，一位叔叔说道："早就听说小庭坚会作诗，我们今天为什么不让他来显显身手呢？"

小庭坚一点儿也不怯场，脆声说道："请出题。"

那位叔叔拿出一幅《牧童图》，说道："这幅画是我送给你的生日礼物。你就以牧童为题，写一首诗吧。"

那幅画上有一个吹笛子的小牧童，悠闲地骑在牛背上，非常快乐的样子。小庭坚看了一会儿，脱口吟出一首《牧童诗》：

骑牛远远过前村，短笛横吹隔陇闻。

多少长安名利客，机关用尽不如君。

诗的意思是说：小牧童骑着牛从远处穿过山村，隔着田垄就能听到吹出的清脆短笛。长安城里有那么多追名逐利的人，他们用尽心机，也不如小牧童的日子快乐悠闲啊。这首诗巧妙地用小牧童来与那些追名逐利的庸俗人进行对比，既哲理深刻，又符合画面上的实际内容。成语"机关算尽"，就是从小黄庭坚的这首诗中得来的。在场的客人们纷纷点头称赞，他们说："神童，神童！如果不是当面见到，谁会相信这首诗是一个七岁孩子写的啊。"因为黄庭坚家住双井村，所以人们就把他称为"双井神童"。

　　黄庭坚长大后成为一位著名的诗人，写下了很多优秀作品，被尊为"江西诗派"的祖师。更难能可贵的是，他非常孝顺。据说每天从朝廷里下朝后，他都会首先探望母亲，亲自端茶端药，晚上还要亲自为母亲刷洗便盆，从不嫌脏嫌臭，也不让别人替自己做，春夏秋冬从未间断过。此事后来被古人称为"涤亲溺器"，编入专门收集孝顺故事的《二十四孝》中，历代传颂。

黄庭坚拜师

过方城寻七叔祖旧题

[宋] 黄庭坚

壮气南山若可排，今为野马与尘埃。

清谈落笔一万字，白眼举觞三百杯。

周鼎不酬康瓠价，豫章元是栋梁材。

眷然挥涕方城路，冠盖当年向此来。

1067 年，黄庭坚考中了进士，在作诗方面更加用功。后来他游览舒州三祖山的山谷寺时，"乐其林泉之胜"，也就是非常喜欢那里的幽美风景，还特意给自己取了一个"山谷道人"的别号。

他的诗写得很好，可是京城里知道黄庭坚诗词的人还不多。所以北宋熙宁五年，也就是 1072 年，黄庭坚的亲戚、时任湖州知州的孙觉把他的诗文推荐给当时的大文豪苏轼。苏轼看了这些诗文"耸然异之"，也就是"大为惊异，觉得特别好"，甚至夸赞说："妙绝当世，非今世之人也。"孙觉马上说道："可惜知道黄庭坚的人还不多，希望你收他为徒，多多推荐，帮他扬名。"苏轼哈哈大笑，说："黄庭坚的诗文写得这么好，他就像精金美玉一样，即使不主动去接近别人，别人也会主动来接近他，哪里还需要我来为他扬名！"

后来，苏轼和黄庭坚就开始互通书信。到了元丰元年，也就是 1078 年，黄庭坚再次给苏轼写了一封信表示仰慕之情，随信还呈寄了两首诗歌。其中一首是《过方城寻七叔祖旧题》：

> 壮气南山若可排，今为野马与尘埃。
>
> 清谈落笔一万字，白眼举觞三百杯。
>
> 周鼎不酬康瓠价，豫章元是栋梁材。
>
> 眷然挥涕方城路，冠盖当年向此来。

这首诗描写自己见到逝去的七叔祖黄注写的一首诗之后的感触，赞颂了长辈傲岸的品格、横溢的才华，感叹栋梁材却不被重视的社会现实。苏轼读了之后，当即复信，称赞黄庭坚"托物引类，真得古诗人之风"，从此收黄庭坚为弟子。因为黄庭坚跟张耒、晁补之、秦观四人经常一起到苏家请教，所以被人称为"苏门四学士"。

苏轼和黄庭坚是师生，但他们互相欣赏，也互相指出对方的不足，有时还互相开玩笑，看起来不像师生，倒像是好朋友。苏轼对黄庭坚说："你的诗文就像大江里的梭子蟹，很好吃，但是不能多吃，多吃就不好消化了。"黄庭坚也不客气，回敬道："您的文章

确实精妙，但您写的有些诗句还跟古人有差距。"苏轼对黄庭坚说：

"你的字虽然清劲，然而笔势有时太瘦，跟树梢上挂着条死蛇似的。"

黄庭坚也说："您的字天下人都叫好，然而有时也狭小肤浅，就像

石头压着的虾蟆一般。"二人鼓掌大笑，都认为对方一针见血，点

中了自己的缺点。

　　黄庭坚在老师面前坦率地说出自己的观点，有时还和老师争论，

不过在背后，却对苏轼十分尊敬。据古书上记载，黄庭坚把苏轼的

画像在家里悬挂起来，每天早上都对着画像整理衣帽、焚香施礼。

有人很奇怪，就问："你的名声现在很大了，年龄跟苏轼也差不了

太多，何必对他这样尊敬呢？"黄庭坚马上变了脸色，使劲摇手，

说："我是苏轼的弟子，名声再大，也永远是他的弟子，怎么能不

尊敬老师呢？"

不怕奸臣 🌀

卜算子·我住长江头

[宋] 李之仪

我住长江头，君住长江尾。日日思君不见君，共饮长江水。

此水几时休①，此恨何时已②。只愿君心似我心，定不负相思意。

注释

① 休：停止。
② 已：完结，停止。

苏轼非常喜欢李之仪的诗文，他曾写诗赞美说："暂借好诗消永夜，每逢佳处辄参禅。"意思是说：李之仪的好诗陪伴自己度过长夜，读到其中好的地方，就启发出自己新的感悟。

李之仪，字端叔，滨州无棣（今山东省滨州市）人。他擅长作词，很注意词的独特艺术特点，人们称赞他"长于淡语、景语、情语"。他是宋代官员范纯仁的学生。范纯仁死后，李之仪为他代笔给朝廷写了一封遗信，对当时的朝政发了一些议论，还批评了当时把持朝政的大奸臣蔡京。蔡京看到这样的信，自然十分生气，而且他过去与范纯仁的儿子范正平有仇，就想趁机诬陷范正平，说他借着父亲的名义说一些与实际不符的话。

李之仪听说了，挺身而出，说："你们不要给范正平治罪，遗信是我代笔写的。"说完，他指着蔡京的鼻子大骂一顿。蔡京大怒，马上就把他关进监狱，痛打了一顿之后，还免了他的官，把他轰出京城。

虽然蔡京原本想报复的对象并不是李之仪，可是，李之仪还是挺身而出，仗义执言，替老师和朋友说话，这种胆识受到很多人夸赞。

李之仪被轰出京城之后，居住在当涂姑孰溪水岸边，自称"姑溪老农"，以种地和填词、写文章来打发时间。在这里，他爱上了一位叫杨姝的女子，为她写了很多优美的词。《卜算子·我住长江头》就是这时候写的。全词如下：

我住长江头，君住长江尾。日日思君不见君，共饮长江水。

此水几时休，此恨何时已。只愿君心似我心，定不负相思意。

"头"在这里是源头的意思。"休"在这里指断流。"已"就是停止。"定不负"就是一定不要辜负。

词的意思是说：我住在长江的源头，你住在长江的末尾。天天想你却见不到你啊，我们喝的都是长江水。这江水什么时候停，这思念什么时候止。只希望你的心能像我的心，千万别辜负我这番情意。

这首词用长江水作为抒情线索，把那种想念又不能相见的感情描写得十分形象。全词构思新巧，语言和谐流畅。特别是吸收了一些民歌的优点，语言明白如话，朗朗上口，富有情味。"此水几时休，此恨何时已"这两句并不是两个并列的问句，而是一个条件复句。意思是说：什么时候这长江水停了，我的思念才会停止。因为长江水是不会停止的，所以作者其实是说他的思念永远不会停止。

杨姝读到这首词后，对李之仪非常倾慕。后来李之仪和杨姝成亲，过上了幸福的生活。

两个外号

玉楼春①·东城渐觉风光好

[宋] 宋 祁

东城②渐觉风光好，縠皱波纹③迎客棹。
绿杨烟④外晓寒轻⑤，红杏枝头春意⑥闹。
浮生⑦长恨欢娱少，肯爱⑧千金轻一笑⑨。
为君持酒劝斜阳，且向花间留晚照。

注释

① 玉楼春：词牌名，又名"木兰花""归朝欢令"等。
② 东城：泛指城市之东。
③ 縠（hú）皱波纹：形容波纹细如皱纱。
④ 烟：指笼罩在杨柳梢的薄雾。
⑤ 晓寒轻：早晨稍稍有点儿寒气。
⑥ 春意：春天的气象。
⑦ 浮生：指虚浮无定的短暂人生。
⑧ 肯爱：岂肯吝惜，即不吝惜。
⑨ 一笑：特指美人之笑。

北宋的时候，有一年，安州安陆（今湖北省安陆市）的宋庠、宋祁兄弟二人同时进京赶考，都考中了进士。弟弟宋祁的文章写得特别好，考中第一名。但是皇太后很封建，她认为弟弟的名字不能排在哥哥的前面，于是，最后改成宋庠第一名，宋祁第十名。不过，兄弟同时考中，已经是很轰动的大事了。

宋祁后来做的最高官职是工部尚书，在朝廷中以文才著名。他写的最有名的一首词就是《玉楼春·东城渐觉风光好》，全词是这样的：

东城渐觉风光好，縠皱波纹迎客棹。绿杨烟外晓寒轻，

红杏枝头春意闹。

浮生长恨欢娱少，肯爱千金轻一笑。为君持酒劝斜阳，

且向花间留晚照。

"縠皱"就是轻纱，这里比喻水波。"客棹"就是客船。棹是船桨的一种，这里代指船。"闹"指热闹、浓盛。"晚照"指夕阳的光。词的意思是说：东郊的风光越来越好，湖面泛着轻波迎接客棹。绿杨之外的晓寒已经渐消，红杏枝头的春色可真热闹。人这一生总埋怨欢乐太少，怎肯吝惜千金，看轻一声欢笑？我要为你举杯劝说那夕阳，让它把余晖留在花间小道。

这首词描绘了生机勃勃、色彩鲜明的早春景色，非常细腻地抒发了珍惜春光、热爱生活的美好情怀。上阕描写风景，下阕由描写风景转入抒情。其中"红杏枝头春意闹"一句最为精彩，受到很多人的喜爱。其中的"闹"字用得最好。作者通过这个"闹"字，用拟人的手法化静为动，把杏花盛开的静景描写得动感十足，活灵活现，非常精彩。同时，借着对这一枝红杏的描写，还形象地表现出了整个春天的生机勃勃。

当时还有一位著名的词人，名叫张先，曾担任过都官郎中等官职。宋祁很欣赏张先的文采。有一年，他听说张先到京城开封来了，

虽然自己的官职比张先的官职要大，可他还是决定去拜访张先。到了张先住的地方，他叫仆人先进门通报，说："尚书想见'云破月来花弄影'郎中。"张先在屏风后听见，立即回答说："是'红杏枝头春意闹'尚书吧？"两人说的都是别人给他们起的外号。

二人相见哈哈大笑，马上摆酒畅饮，谈得非常投机，从此，他们成了好朋友。

"红杏枝头春意闹"尚书是谁的外号呢？是宋祁的。

"云破月来花弄影"郎中是谁的外号呢？是张先的。

原来，张先在诗词中很喜欢用"影"字，并且经常用得很巧妙。他最有名的一句词就是"云破月来花弄影"，意思是：月亮从云缝中出来，银光满地，花影摇动。词的意境非常优美，受到人们的喜爱，张先也因此被人们称作"云破月来花弄影郎中"。

宋祁呢？也是因为"红杏枝头春意闹"写得好，所以被人们称作"红杏尚书"。他们两个都是因为一句精彩的词，各自得到了一个很有意思的外号。

断薤画粥

渔家傲①·秋思

[宋] 范仲淹

塞②下秋来风景异，衡阳雁去③无留意。四面边声④连角起，千嶂⑤里，长烟落日孤城闭。

浊酒一杯家万里，燕然未勒⑥归无计。羌管悠悠⑦霜满地，人不寐⑧，将军白发征夫⑨泪。

注释

① 渔家傲：词牌名，又名"吴门柳""忍辱仙人""荆溪咏""游仙咏"。

② 塞：边界要塞之地，这里指西北边疆。

③ 衡阳雁去：传说秋天北雁南飞，至湖南衡阳回雁峰而止，不再南飞。

④ 边声：边塞特有的声音，如大风、号角、羌笛、马啸的声音。

⑤ 千嶂：绵延而峻峭的山峰。

⑥ 燕然未勒：指战事未平，功名未立。

⑦ 悠悠：形容声音飘忽不定。

⑧ 寐：睡。不寐就是睡不着。

⑨ 征夫：出征的将士。

宋代大文学家范仲淹出身贫寒，家里没有条件供他上学，他只好来到深山里的一个寺庙中，潜心读书学习。

他学习非常勤奋，也非常刻苦。每天晚上，他用两升粗米煮成一大盆粥，第二天，这盆粥凝成了冻块，他用折断了的薤叶把冻粥划成四块，早上吃两块，晚上吃两块。薤是一种地上生长的野菜，叶细长，花紫色，薤茎可以吃。因为没有菜吃，范仲淹就自己挖一点点薤茎，用盐水泡了，就着粥一起吃。

79

他每天都学习到深夜，困倦了，他就站起身，用冰冷的水洗洗脸，赶走睡意，然后继续认真攻读。这就是历史上有名的"断齑画粥"。

有一天，一位朋友来看范仲淹，见范仲淹这么清苦，回去以后，就托人给范仲淹送来了许多酒肉。范仲淹对来人说："朋友的好意，我心领了，很感激你们对我的关心和帮助，可是如果我现在贪图好吃好喝的，将来怎么能再吃苦呢？"于是，他就把这些酒肉退还给了那位朋友。

庙里的老和尚见范仲淹学习这么用功，很受感动。一天老和尚编了一句诗："芳草春回依旧绿。"范仲淹立即接上了下句："梅花时到自然香。"老和尚很高兴，对他非常钦佩。又一天，老和尚与范仲淹在竹林间散步，老和尚出了个字谜："翠竹掩映留僧处。"范仲淹沉思了一会儿，便在地上写出了谜底，原来这是一个"等"字。老和尚非常佩服他的才华，鼓掌称赞说："范君高才，你耐心等待，梅花时到自然香，将来你一定能成就一番大事业。"

后来，范仲淹果真受到朝廷的重用，还被派去陕西镇守边塞。他曾写过很多首《渔家傲》，描写塞外风光和自己的豪情，而且每首都用"塞下秋来风景异"开头，不过，到今天只流传下来下面这一首：

　　塞下秋来风景异，衡阳雁去无留意。四面边声连角起，千嶂里，长烟落日孤城闭。

　　浊酒一杯家万里，燕然未勒归无计。羌管悠悠霜满地，人不寐，将军白发征夫泪。

"塞"指边界或险要的地方，此处指边关。"衡阳"指湖南衡阳，相传当地有座名叫回雁峰的山，大雁南飞至此就不再南飞了。"角"是军营中的号角。"嶂"指高大险峻、像屏障一样的山峰。"燕然未勒"中的燕然是山名，勒就是在石头上刻记。《后汉书》记载，名将窦宪追击北匈奴，一直追出三千里，到了燕然山，将战绩刻在石头上，然后凯旋。"羌管"就是羌族的笛子。"寐"就是睡觉。词的意思是说：边塞的秋天风景奇异，大雁向南飞去不再停留。四处人喊马嘶，和嘹亮号角响在一起。层峦叠嶂，苍茫暮霭，西坠红日，孤寂的城门啊紧紧关闭。喝一杯浊酒，想起离家万里，战功未立，怎么能够回去。笛声悠扬，繁霜落满大地。难以入睡啊，将军白发苍苍，战士泪眼迷离。这首词通过景物的描写和气氛的渲染，婉转地表达了边疆将士既思念家乡又渴望建功立业的复杂深沉的情感。全词景象壮阔，情调苍凉而悲壮。

由于范仲淹很有才能，连敌人都说他"胸中有数万甲兵"，称呼他为"范老子"，说只要范老子在，就再也不敢来进犯了。

家风未坠

题翠峰院

[宋] 范仲淹

翠峰高与白云闲，吾祖曾居水石间。

千载家风应未坠，子孙还解爱青山。

北宋政治家、文学家范仲淹很尊敬东汉时期的先人严子陵。他在一首赞颂严子陵的文中写道：

云山苍苍，江水泱泱；

先生之德，山高水长。

写成之后，他拿给友人李泰伯看，李泰伯评论说："你笔下的'云山''江水'的境界很宏大，只是下面用了一个'德'字，显得很直白，也很生硬。不如换个'风'字吧？"范仲淹认真想了一下，连声称妙，就把这四句诗改成了："云山苍苍，江水泱泱；先生之风，山高水长。"这四句诗中的"风"字，果然受到好多人的赞扬。

范仲淹景仰严子陵的"先生之风"，他自己一生俭朴，为官清廉，范家的家风也很受后人称赞。传说有一年，他的二儿子范纯仁要娶亲。范纯仁想，结婚是人一生中的大事，父亲又是个大官，一定要把自己的婚事办得体面一些。正好他的大哥这时候要进京办事，于是，他就让大哥把自己的想法告诉父亲，而且还写了一张单子，上面列出了一长串婚礼上需要买的东西，让大哥在京城帮他采购。

范纯仁的大哥到京城，向父亲转告了范纯仁的话，并把采购的单子交给父亲看。

范仲淹接过单子，还没看完，眉头就皱了起来。他摇了摇头，长长地叹了一口气，说："怎么能这样浪费呢？这孩子啊！"

范仲淹告诉大儿子："不要去买那些东西，我有话跟你弟弟说！"说完，他提起毛笔，在那张单子上写了一首诗："一人站着一人侧，两个小人地上坐。家中还有两口人，退回孩儿细琢磨。"写完，把单子交给大儿子，让他带回去交给弟弟。

范仲淹的大儿子回到老家，范纯仁见哥哥没有带回他要的东西，很不高兴。哥哥从怀里掏出范仲淹写的那首诗交给范纯仁，范纯仁看完诗，仔细地琢磨了一会儿，他的脸突然变红了。

随后，范纯仁改变了原来的计划，举行了一个非常简朴的婚礼。

原来，范仲淹给范纯仁写的诗，是一个谜语，谜底是一个"俭"字（繁体字写作"儉"）。

范仲淹知道范纯仁听了自己的话，很高兴，于是在外地专门给他寄回一首自己经过越相范蠡的旧宅时写的《题翠峰院》：

翠峰高与白云闲，吾祖曾居水石间。

千载家风应未坠，子孙还解爱青山。

诗的意思是说：我们范家的家风千年来没有辱没，范家的子孙们还保持着这种高洁的情操。

1046 年，和范仲淹同榜考中进士的滕子京，从湖南岳阳派人来，给范仲淹送上一幅图卷，告诉他岳阳楼已经重新修好了，希望范仲淹写一篇文章来作纪念。于是范仲淹就挥笔写出了千古传诵的《岳阳楼记》，其中"先天下之忧而忧，后天下之乐而乐"的名言更是广为传诵。

范纯仁始终把父亲"先天下之忧而忧，后天下之乐而乐"的教诲记在心里，俭朴持家，勤奋学习，后来曾经两次出任宰相，成为了一个很有才华的政治家。

范纯仁曾经在一首《晚菊》的诗中写道：

幽丛有佳色，不必趁时开。

冷艳霜仍借，清香蝶自来。

晚芳情愈重，醉赏目先回。

且伴芝兰秀，休嗟暮景颓。

他借这首咏菊诗，表达了自己不改节操、不忘初心的高尚情怀。

一句诗人

蝶恋花·送潘大临

[宋] 苏 轼

别酒劝君君一醉，清润潘郎，又是何郎婿。
记取钗头^①新利市^②，莫将分付东邻子^③。
回首^④长安^⑤佳丽^⑥地，三十年前，我是
风流帅。为向青楼^⑦寻旧事，花枝缺处余名字。

注释

① 钗头：钗子的首端，这里代指美女。
② 新利市：仕庆所赏得的钱，这里代指升官所得赏钱。
③ 东邻子：东边邻居好色之子。
④ 回首：回顾，忆起。
⑤ 长安：古都。这里泛指京都。
⑥ 佳丽：美丽的女子。
⑦ 青楼：青漆涂饰的豪华精致的楼房。这里代指妓院中的女子。

　　"满城风雨近重阳"是北宋诗人潘大临的诗句。潘大临，字邠老，湖北黄州人，他家里非常贫穷。有一天，江西临川的友人谢无逸给他写来一封信，问他最近是否有新作。他在回信中说："秋天的风景，处处都是佳句，可以入诗的地方不少，只可惜大都被俗气给遮蔽掉了。昨天在床上闲卧时，忽然听得窗外风雨大作，引得我诗兴大发，本来准备写一首新诗，结果写了一句'满城风雨近重阳'，催租人突然在外面打门，大呼小叫惹人烦，把我的诗兴也败坏得荡然无存了，所以只能寄给你这一句残诗。"这就是成语"满城风雨"的来历。

潘大临后来没有把这一首诗写完，但这一句"满城风雨近重阳"确实非常好，受到很多人的喜爱，他也因为这一句诗被后人记住，成为了著名的"一句诗人"。南宋诗人赵蕃称赞他说："好诗不在多，自足传不朽。……我谓此七字，已敌三千首。"

历史上关于潘大临的记载非常少，只知道他善于写诗，和当时的诗人苏轼、黄庭坚、张耒等也有交往，世人评价他"为人风度恬适，殊有尘外之韵"，也就是说他风度翩翩、高雅不俗。

据资料记载，潘大临曾参加过科举考试。他参加考试之前，当时被贬到湖北黄州的诗人苏轼还专门写了一首《蝶恋花·送潘大临》，祝他考试顺利：

别酒劝君君一醉，清润潘郎，又是何郎婿。记取钗头

新利市，莫将分付东邻子。

回首长安佳丽地，三十年前，我是风流帅。为向青楼

寻旧事，花枝缺处余名字。

苏轼自己三十年前曾经在京城科举中取得好成绩。他在这首词中除了称赞潘大临英俊潇洒、年轻有才华，还劝潘大临专心学习，胸怀大志，勤奋用功，争取像自己当年一样成为京城里的"风流帅"。不过，估计潘大临的科考没有成功，不然后来的生活也不会那么贫寒了。

不久，潘大临就在贫病交加中去世了。他的这句残诗因为好朋友谢无逸的举荐才流传开。谢无逸名叫谢逸，字无逸，也是北宋时

期有名的诗人，因为一口气写过三百首咏蝴蝶诗，所以人称"谢蝴蝶"。这位"谢蝴蝶"跟潘大临的关系非常好。为了悼念潘大临，谢无逸用"满城风雨近重阳"开头，写了一组《补亡友潘大临诗》：

满城风雨近重阳，无奈黄花恼意香。

雪浪翻天迷赤壁，令人西望忆潘郎。

满城风雨近重阳，不见修文地下郎。

想得武昌门外柳，垂垂老叶半青黄。

满城风雨近重阳，安得斯人共一觞。

欲问小冯今健否，云中孤雁不成行。

这三首诗抒发了对潘大临的真挚怀念，表达了对他在贫病中不幸去世的遭遇的深深惋惜。

画荻教子

班班林间鸠寄内（节选）

[宋] 欧阳修

一官诚易了，报国何时毕。
高堂母老矣，衰发不满栉。
昨日寄书言，新阳发旧疾。
药食子虽勤，岂若我在膝。

画荻教子讲的是宋代文学家欧阳修母亲的教子故事。

1010 年，欧阳修的父亲欧阳观在担任泰州（今江苏省泰州市）判官时，不幸突然去世。欧阳观清正廉洁，家中竟然没有留下任何遗产。当时欧阳修仅仅四岁，欧阳修的母亲郑氏无法生活，只好带着欧阳修和他的妹妹一起去投奔在随州（今湖北省随州市）担任小官的叔叔欧阳晔。

等到欧阳修长到了该入学的年龄，因为二叔家经济条件也不好，请不起私塾老师，欧阳修的母亲就自己教欧阳修认字。尽管日子过得非常艰难，但让母亲感到高兴的是，欧阳修从小就"敏悟过人"，很多人都夸奖他聪明，他也非常热爱学习。

当时他们家里很穷，甚至连纸和笔都买不起。恰好随州城外有一条涡水河，河畔长满了芦荻。芦荻秆比较坚韧，母亲就把小欧阳修带到涡水河边的沙地上，将芦荻折成一截一截的小段，然后拿着

如果诗词会讲故事·宋词篇

荻秆当笔，把松软的沙地当作铺开的大纸，一笔一画地教儿子识字。回家的时候，欧阳修的母亲还会去河边割上一大捆荻秆，带上一大盆河沙，然后就在家里，用荻秆继续在沙盆里教欧阳修写字。小欧阳修学得可带劲了，进步非常快，认的字越来越多。这件事，就是后人经常谈起的"画荻教子"。

欧阳修学会了认字，就开始勤奋地读书学习。由于家里买不起书，他就到处借书来读，后来，他懂得的道理越来越多，他的学问也越来越大。二十四岁的时候，欧阳修到京城参加考试，考中了进士，后来成了非常有名的大文学家。

欧阳修成名以后，非常忙碌，但他仍然坚持每天挤出一定的时间来学习和写作。别人不解地问他："你那么忙，怎么还能写出那么多优秀的诗词和文章呢？"

他笑着回答："那些诗词和文章都是在'三上'的时候构思出来的。"见别人一脸困惑，他解释说："三上是指马上，枕上，厕上。"说完哈哈大笑。也就是说，他在骑马的时候、睡觉的时候、上厕所的时候，都在抓紧时间构思自己的作品呢。

为了使自己的文章更精练和准确，他常把文稿贴在卧室的墙上，反复推敲、修改。有名的《醉翁亭记》开头原来有二十余字，经他反复删改，最后只剩下五个字。他退休之后，生活很富裕，再也不用像"画荻教子"的时候那样过苦日子了，但是他写起文章来，还是非常认真刻苦，往往是"为求一字稳，耐得半宵寒"，弄得自己非常疲惫。

妻子劝他："你现在名气这样大，何必还这么认真学习呢？难道还怕老师责骂吗？"欧阳修听了，回答说："我不怕老师骂，却怕后生笑我呀！"

欧阳修和母亲感情很深，但是为了报国，只能常年母子分离，一人在外奔波。在一封写给妻子的信中，他曾经写道：

一官诚易了，报国何时毕。

高堂母老矣，衰发不满栉。

昨日寄书言，新阳发旧疾。

药食子虽勤，岂若我在膝。

他在诗中说的都是家常话，叮嘱妻子一定替自己好好照顾母亲。有一次他因为受到奸臣排挤而被贬官，母亲还专门给他写信，告诉他为民请命，受到打击是荣耀，鼓励他不要灰心，要振作精神。欧阳修母亲的教子故事在古代流传很广，人们把他母亲居住的楼干脆称作"荻楼"。现在"荻楼"已经不在了，但画荻教子的故事却被当作古代教子的典范，一直流传下来。

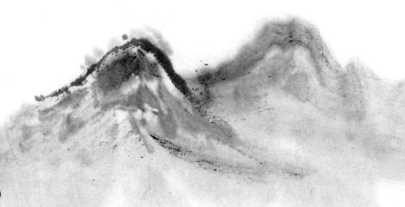

不知修（羞）

生查子·去年元夜时

[宋] 欧阳修

去年元夜时，花市①灯如昼②。月上③柳梢头，人约黄昏后。

今年元夜时，月与灯依旧。不见④去年人，泪湿⑤春衫⑥袖。

注释

① 花市：民俗，每年春时举行的卖花、赏花的集市。

② 灯如昼：灯火像白天一样。

③ 月上：一作"月到"。

④ 见：看见。

⑤ 泪湿：一作"泪满"。

⑥ 春衫：年少时穿的衣服，也指代年轻时的自己。

欧阳修，字永叔，自号醉翁，晚年又号"六一居士"，宋代庐陵（今属江西省吉安市）人，是著名的史学家、散文家和诗人，被列为"唐宋八大家"之一。他写的词深婉清丽，独具风格，很多篇章在宋代就非常流行。

比如这首《生查子·去年元夜时》：

去年元夜时，花市灯如昼。月上柳梢头，人约黄昏后。

今年元夜时，月与灯依旧。不见去年人，泪湿春衫袖。

"元夜"就是农历正月十五夜，即元宵节，也称上元节。词的意思是说：去年元宵节的夜晚，花市上的灯光明亮如同白昼。月亮升到了柳树的梢头，与人约会在黄昏过了之后。今年元宵节的夜晚，月光和灯光还是明亮依旧。只是再不见去年那位情人，我的眼泪打湿了春衫衣袖。

　　词中描写了一段甜蜜缠绵、难以忘怀的感情。上阕写了去年元宵夜的繁华热闹，渲染出一种柔情的氛围，营造出朦胧清幽、婉约柔美的意境。下阕写今年元宵夜的孤独和思念，表达出作者对情人的一往情深。上下阕采用了对比的艺术手法，使得去年的甜蜜与今年的孤独形成鲜明对比，从而有力地表达了词人伤感、痛苦的情感。同时，这种对比的结构还形成一种和谐的重叠，读来朗朗上口，一咏三叹，非常顺畅。

　　《生查子·去年元夜时》等诗词受到很多人喜爱，欧阳修的名气在当时非常大，很多人慕名前来拜访他。传说，有一天，他从外面回家，路上遇到一位穿着很华丽的阔少爷。

刚开始，他们两个并没有搭话，只是各自赶自己的路。走着走着，那位阔少爷看见路旁有一棵大枇杷树，树上开满了洁白的枇杷花，非常漂亮。阔少爷忽然"诗兴"大发，摇头晃脑地作起诗来了："路边一株树，两个大丫杈。"作完这两句，阔少爷就卡壳了，他左想右想，急得抓耳挠腮，就是想不出下面该吟什么。

欧阳修见他的样子很好笑，就随口替他续上了两句："未见黄金果，先开白玉花。"

阔少爷一愣，摆出一副很有学问的样子，点了点头，拖着长腔夸奖说："续得不错！"

于是，他们二人一起沿着大路向前走。走着走着，又看见旁边的湖中有一群鹅在水上游。阔少爷觉得刚才让欧阳修续诗，自己很没有面子，为了显示自己有才华，就又摇晃着脑袋吟了起来："远看一群鹅，一棒打下河。"吟完了这两句，他又挠挠脑袋，怎么也说不下去了。

欧阳修又给他续了两句诗："白翼分清水，红掌踏绿波。"

阔少爷听了，装模作样地一拱手，说："想不到你也喜欢作诗，再努努力，这水平就能赶上我了。今天算你幸运，我带你一起去拜访欧阳修吧。我要去跟他赛诗。"

原来，这位阔少爷自称是位"诗才"，其实，人们都叫他"酸秀才"。他听说附近有位欧阳修能写诗，会填词，就想跟欧阳修比个高低，没想到，半路上正好遇见了欧阳修。

欧阳修听说阔少爷要跟自己赛诗，也没有说明自己就是欧阳修，于是他们二人继续向前赶路。走到一个渡口，上了一条小船。阔少爷又想卖弄一下自己的"诗才"，张口吟道："二人同登舟，去访欧阳修。"

欧阳修实在忍不住了，哈哈大笑着又给他续了两句诗："修已知道你，你还不知修（羞）。"

诚实的晏殊

浣溪沙·一曲新词酒一杯

[宋] 晏 殊

一曲新词酒一杯，去年天气^①旧亭台^②。夕阳西下几时回^③？无可奈何^④花落去，似曾相识燕归来。小园香径独徘徊。

注释

① 去年天气：跟去年此日相同的天气。
② 旧亭台：曾经到过的或熟悉的亭台楼阁。
③ 几时回：什么时候回来。
④ 无可奈何：不得已，没有办法。

北宋的时候，一位大官向皇帝推荐了一个神童，这个神童名叫晏殊。

皇帝很好奇，想看看他到底有多大的学问，于是就亲自主持考试，让晏殊跟一千多位成人一起进入考场。只见小晏殊一点儿也不紧张。他拿起笔就唰唰唰地写了起来，不一会儿就交了卷。他写的文章非常漂亮，皇帝读了大加赞赏，赏给他很多东西。

过了两天，皇帝还想再次试一试他写诗的本事，于是又出了一个题目，把他喊到皇宫里参加考试。小晏殊拿到试题一看，自己曾经用这个题目写过诗，于是就很老实地告诉皇帝："我过去用这题目写过诗，请皇上另出一个新题吧。"皇帝于是就换了一个题目，结果小晏殊还是写得非常好，皇帝就让他留在朝廷，做了大官。没过多久，还破格让他去给太子当老师，说："近来很多大官都很喜欢游玩，只有你闭门读书，还这样刻苦钻研，很适合做太子的老师。"晏殊听到皇帝的夸奖之后，认真地说："皇上，其实我也很喜欢游玩，只是家里穷，没钱去游玩罢了。如果我有了钱，也会去游玩的。"皇帝见他这么诚实，哈哈大笑起来，从此，对他更加信任了。

后来有一回，晏殊路过扬州，跟一位叫王琪的小官一起吃饭。吃着吃着，晏殊忽然想起过去写的一句词，说："我去年游西湖，偶然想起'无可奈何花落去'这一句词，至今还接不上下句。"王琪听了，立即说："接着写'似曾相识燕归来'不是挺好吗？"晏殊立刻拍手称妙，便把这一句写入了他的《浣溪沙》词，全词是这样写的：

一曲新词酒一杯，去年天气旧亭台。夕阳西下几时回？

无可奈何花落去，似曾相识燕归来。小园香径独徘徊。

"旧"在这首词中是原有的、原来的意思。"香径"指铺满落花的小路。"徘徊"指来回往复，流连不舍。词的意思是说：写一首新词，喝一杯美酒，还是去年的天气、旧日的亭台。太阳又向西方匆匆落下，什么时候能够重新回来？无可奈何啊花儿要落，似曾相识啊燕儿飞来。小小的花园里落花满地，我默默地沿着小路独自徘徊。

这首词的上阕追忆过去的情景，下阕描写现在的景物。全词表达了对春天的留恋和对人生的感慨，清丽自然，意蕴深厚。通过

"无可奈何花落去，似曾相识燕归来"这两句词，我们还感受到一种生活哲理：虽然没有办法阻止那些花儿般的美好事物消逝，但在它们消逝的同时，仍然有燕子一样的美好事物重新归来，不过重新归来的美好事物不是原样重复，而是略有变化，让人"似曾相识"。

从此，"无可奈何花落去，似曾相识燕归来"传为千古佳句。诗人为什么把花落、燕归跟"无可奈何""似曾相识"连在一起说呢？花落、燕归与"无可奈何""似曾相识"连在一起，就使这些平常的风景带上了强烈的感情色彩，内涵变得更加深沉，表达的效果也更好，所以作者把它们连在一起说。"无可奈何"与"似曾相识"还被人们当作两个成语，经常被引用。

每逢别人夸赞晏殊这两句词写得好，晏殊都诚实地说："下句是王琪帮我续的呢。"

晏几道爱书

鹧鸪天·碧藕花开水殿凉

[宋] 晏几道

碧藕花开水殿凉，万年枝外转红阳。

升平歌管随天仗，祥瑞封章满御床。

金掌露，玉炉香，岁华方共圣恩长。

皇州又奏圜扉静，十样宫眉捧寿觞。

晏几道，字叔原，号小山，宋代抚州临川（今属江西省南昌市进贤县）人，著名词人晏殊的儿子，著有《小山词》等。他的词缠绵婉约、清丽流畅，词风接近他的父亲，后人把他们父子称为"大晏""小晏"。

晏几道小时候异常聪颖，五岁时就能在家宴上为客人背诵柳永写的长调词，七岁就能写文章，十四岁就以神童的身份被推荐参加科举考试，获得了进士的身份。他的诗词写得非常漂亮，因此名声鹊起。

庆历年间，因为监狱里的囚犯都刑满释放了，京城的监狱里出现了没有犯人的情况。皇帝很高兴，觉得自己国家治理得好，方法得当，于是决定好好地庆贺一下。皇帝在皇宫里摆下了酒宴，叫文武大臣们都来喝酒。当时，晏几道还是一个孩子，他跟随宰相父亲晏殊也一起来赴宴。

皇帝知道晏儿道是一位小才子，看见了他，想试试他的才学，命令他填一首词来助兴。晏儿道沉思了一会儿，然后提起笔写了一首《鹧鸪天》：

碧藕花开水殿凉，万年枝外转红阳。升平歌管随天仗，祥瑞封章满御床。

金掌露，玉炉香，岁华方共圣恩长。皇州又奏圜扉静，十样宫眉捧寿觞。

这首词华美典雅，大力歌颂了皇帝一番。皇帝读了哈哈大笑，送给晏儿道很多礼物。

回到家里，晏儿道从礼物中挑出来一些书籍，准备认真保存，而对金银珠宝，却看都不看一眼。

后来，他父亲去世了，当时晏儿道才十八岁。他因为只爱看书和写诗词，不会经商和当官，致使他们家变得很穷，有时甚至到了吃不饱饭、穿不起衣服的地步。但是他无论生活多么艰难，对那些书籍还是非常珍惜，哪一本也舍不得卖掉。

他的妻子见了，很不高兴。因为他们家变得越来越穷，只好不断地卖房子，把大房子变成小房子，一次次地搬家。而这些不能吃不能喝的书却非常沉重，每搬一次家都十分麻烦。

最后，他的妻子实在气急了，就对他吼了起来，说："每次搬家都忘不了这些书，就像一个要饭的忘不了破漆碗。你总是这样把废品当作宝贝，日子可怎么过呢？"晏儿道听了，也不生气，而是写了一首诗给他的妻子看，这首诗叫《戏作示内》，其中写道："生计唯兹碗，般擎岂惮劳。……愿君同此器，珍重到霜毛。"意思是说：这些书是我的饭碗，当然应该好好爱惜，希望你也跟我一样爱惜它们，一直到头发白了也痴情不改。

妻子读了这首诗，了解了他爱书的心情，从此不再指责他。

到了宋神宗熙宁七年，也就是 1074 年，晏几道的朋友郑介夫画了一幅《流民图》反映百姓疾苦，结果被罗织罪名抓了起来。后来从他家中搜出一首晏几道写的《与郑介夫》：

小白长红又满枝，筑球场外独支颐。

春风自是人间客，主张繁华得几时？

这首诗表达的是看得势的小人还能猖狂多久的意思。这首诗惹恼了那些权贵，晏几道被逮捕下狱。幸亏宋神宗读过晏几道小时候写的词，后来又把他释放了。可惜这么一折腾，晏几道的藏书丢失了不少，让他非常惋惜。

王逐客

卜算子·送鲍浩然之浙东

[宋]王 观

水是眼波横①，山是眉峰聚②。欲③问行人④去那边？眉眼盈盈处⑤。

才始⑥送春归，又送君归去。若到江南赶上春，千万和春住。

注释

①水是眼波横：水像美人流动的眼波。古人常以秋水喻美人之眼，这里反用。
②山是眉峰聚：山如美人蹙起的眉毛。《西京杂记》载卓文君容貌姣好，眉色如望远山，时人效画远山眉。后人遂喻美人之眉为远山，这里反用。
③欲：想，想要。
④行人：指词人的朋友（鲍浩然）。
⑤眉眼盈盈处：一说比喻山水交汇的地方，另一说是指鲍浩然前去与心上人相会。
⑥才始：方才。

王观，字通叟，宋代如皋（今属江苏省）人。他的词集叫《冠柳集》，也就是超过柳永的意思。

王观是一个很有学问的人。他读书时的一位同学非常佩服他，所以给自己的儿子也取名叫观，希望自己的儿子长大了能像王观那样有学问。那位同学姓秦，所以他的儿子就叫秦观，后来果然也成为了一位很有成就的词人。

有一天，担任翰林学士的王观去宫里参见皇帝，皇帝正在跟自

己的爱妃喝酒，旁边还有很多宫女在跳舞唱歌，非常热闹。

王观的到来让皇帝很高兴，他说："王观，你来得正好，快填一首新词，让宫女们唱一唱，给我们助酒兴吧。"

王观很看不惯皇帝只知道饮酒作乐、不关心百姓疾苦的做法，所以，他没有拍马屁歌功颂德，而是大胆地写了一首《清平乐（yuè）》：

　　黄金殿里，烛影双龙戏。劝得官家真个醉，进酒犹呼万岁。

　　折旋舞彻《伊州》，君恩与整搔头。一夜御前宣住，六宫多少人愁。

这首词描写了皇帝宴乐的灯红酒绿的场景和纸醉金迷的丑态，表达了对深锁宫中的宫女们的同情，幽默诙谐，笔锋犀利，基本上全是嘲笑和讽刺皇帝的话。

皇帝当时忙着喝酒，没顾得上仔细琢磨，就稀里糊涂地跟着众人连声叫好，命令宫女们马上演唱起来，一边听还一边傻乎乎地鼓掌。

这时，恰好皇帝的母亲高太后过来，皇帝就让她坐下，一起听王观新写的《清平乐》，结果高太后听出了王观讽刺的意思，非常不高兴，当场就发了脾气。

第二天，王观就被免了官，轰出了京城。不过，王观并没有被吓住，也没有后悔和屈服。他昂首挺胸地走出京城，把这一巨大挫折当成了一件风雅趣事——他给自己取号为"逐客"，仿佛把被逐出京城当作荣耀。这位敢讽刺皇帝、蔑视太后的王观，后来就被人们称为"王逐客"。

王逐客现存词作虽然仅有二十八首，但大多数是精品，受到了很多人的欢迎。其中最著名的就是他为好友写的这首《卜算子·送鲍浩然之浙东》：

水是眼波横，山是眉峰聚。欲问行人去那边？眉眼盈

盈处。

才始送春归，又送君归去。若到江南赶上春，千万和

春住。

"眼波横"是说眼神闪动，好像水波横流。"眉峰聚"是说眉毛皱起来，好像山峰。"盈盈处"指山水秀丽的地方。盈盈就是美好的样子。词的意思是说：水就像闪动的眼波，山就像皱起的眉峰。

想问行人要去哪里，去山美水美的江南旅行。刚刚送了春天离开，现在又要起程送你。如果到江南追上了春天，千万要和它住在一起。

　　这首轻快优美的小词是为朋友送别时写的，通篇充满奇思妙想，特别有韵味。词的上阕写友人一路的行程和目的地，含蓄地表达了自己的关心和牵挂，下阕直接描写自己的留恋之情和美好祝愿。词的开头两句，用眉峰和眼波来比喻山和水，既生动形象，又新颖别致。"眉峰聚"是愁眉紧锁，"眼波横"是热泪盈眶，融惜别的感情于自然山水，这叫"一切景语皆情语"，意思是一切景物描写都能表现出作者的思想感情。

冠军诗人

示儿①

[宋] 陆 游

死去元知②万事空③，但悲不见九州④同。
王师⑤北定中原日，家祭⑥无忘⑦告乃翁⑧。

注释

① 示儿：写给儿子们看。
② 元知：元，通"原"。原本知道。
③ 万事空：什么也没有了。
④ 九州：这里代指宋代的中国。古代中国分为九州，所以常用九州指代中国。
⑤ 王师：指南宋朝廷的军队。
⑥ 家祭：祭祀家中先人。
⑦ 无忘：不要忘记。
⑧ 乃翁：你们的父亲，指陆游自己。

陆游，字务观，号放翁，宋代越州山阴（今浙江省绍兴市）人。年轻时他就很聪明，诗也写得很好，被人们誉为"小李白"。但是他一点儿也不骄傲，继续刻苦学习。

有一次，他从别人那里借来一本陶渊明的诗集，翻开一读，非常喜欢，就坐在书桌前一首接一首地读了起来，一直到天黑，也不觉得饿。

陆游的母亲一看已经很晚了，儿子还不来吃饭，就跑过去喊他。喊了半天，陆游因为读书很入迷，竟然一点儿也没有听见。后来母亲走过去拍拍他的肩膀，他才知道母亲来叫他了。

母亲说："你这孩子，怎么连吃饭都忘了？"

陆游说："我把读陶渊明的诗当成吃饭，所以也不觉得饿了。"

他学习这么认真，学习成绩也很好，但是他第一次去参加朝廷的科举考试，却碰了大钉子。原来那一年，奸臣秦桧的孙子也来参加考试。主考官觉得陆游的文章写得好，所以不理会秦桧的频频"暗示"，坚持把陆游列为第一名。结果秦桧十分不满，找了一个借口就把主考官处罚了一顿，陆游的第一名也被取消了。第二年复试，另一位主考官又把陆游的名字列在秦桧的孙子前面。秦桧勃然大怒，暗中插手，使陆游彻底落榜了。

尽管陆游的仕途很坎坷，但是他不灰心，而是一直坚持每天写诗，抒发自己热爱祖国的感情和对生活的思考。陆游曾经自称六十年的时间里就写了一万首诗。他一共活了八十五岁，后来写的诗词数量就更多了。陆游的诗词现在保存下来的一共有九千多首，从数

量上来说，是我国古代诗人里的冠军。他的诗词有很多都充分表达了爱国的思想。

陆游去世前，还写了最后一首诗留给自己的儿子，这首诗的题目就叫《示儿》：

死去元知万事空，但悲不见九州同。

王师北定中原日，家祭无忘告乃翁。

"空"的意思是什么都没有，"悲"就是悲伤。"九州同"就是国家统一。"北定"就是收复北方失地。这首诗是陆游临终时写给儿子的遗嘱，他唯一放不下的牵挂就是祖国的统一大业。可贵的是诗人并没有绝望，而是充满胜利的信心，叮嘱孩子们等到统一那一天，家祭的时候一定要告诉自己。这种深沉坚定的爱国之心，感动了一代又一代读者，从古至今都能引起共鸣。

梦回吹角连营

破阵子·为陈同甫赋壮词以寄之

[宋] 辛弃疾

醉里挑灯看剑，梦回吹角连营。八百里分麾下①炙，五十弦②翻③塞外声，沙场秋点兵。

马作的卢飞快④，弓如霹雳⑤弦惊。了却⑥君王天下事⑦，赢得生前身后⑧名。可怜⑨白发生！

注释

① 麾下：指部下。
② 五十弦：本指瑟，泛指乐器。
③ 翻：演奏。
④ 马作的卢（dìlú）飞快：战马像的卢马那样跑得飞快。
⑤ 霹雳（pīlì）：特别响的雷声，比喻拉弓时弓弦响如惊雷。
⑥ 了（liǎo）却：了结，完成。
⑦ 天下事：此指恢复中原之事。
⑧ 身后：死后。
⑨ 可怜：可惜。

辛弃疾年轻的时候，参加了耿京领导的义军，奋起抗击金兵。当时有一个叫义端的和尚，也想来投奔耿京。辛弃疾与义端认识，就向耿京推荐，于是，耿京收下了义端。

但是没有想到，义端来后没几天，就偷了耿京义军的机密情报和大印，逃出了军营。

耿京非常生气，他马上让人把辛弃疾叫过来，着急地说："这个义端是你介绍来的，现在出了这样的事，你说怎么办？"

辛弃疾心里也非常愤怒，又不能在耿京面前表现出来，他镇定地说：“不要着急，请你给我三天期限，我一定捉住义端。”耿京点头同意了。

辛弃疾猜测：义端既然偷走了机密情报和大印，肯定是去向金军投降了。于是，他迅速地跨上骏马，连夜向金军大营追去。

一路上，他一边奔驰，一边细心地打听义端的行踪。终于，在一个偏僻山道上，他追上了惊慌失措的义端。

辛弃疾在义端身后大喝一声，义端一回头，看到辛弃疾，顿时吓了一大跳，一不小心，他从马背上滚落到了地上。义端一看自己跑不了了，只好扑通一声跪在地上求饶。

辛弃疾拔出宝剑，慢慢地走过去，冷冷地问道：“义端，我好心劝大帅收留了你，可是你却恩将仇报，快说，为什么要去投降金军？”

“这个，这个，这个……我想升官发财……饶了我吧！饶了我吧！”义端吓得身子抖个不停。他一边结结巴巴地苦苦哀求，一边却眼珠一转，说：“我……我会观天相，我知道您是天上的青犀牛星变的，力大无比！求求您，可千万不要杀我啊……”

辛弃疾知道他在编造一些迷信的说法，企图打动自己，让自己放过他。辛弃疾根本不信他的鬼话，冷笑一声，手起剑落，义端的脑袋就被砍了下来。

辛弃疾携带夺回的情报和大印回到营地，整个军营都轰动了。

从此以后，耿京对他更加看重了。

1162 年的某一天，耿京派辛弃疾带领几个人外出办事。等辛弃疾完成任务回来，却得到一个非常让人震惊的坏消息：耿京被叛徒张安国杀害了。而且，张安国投靠了和大宋作战的金军，还被封为济州（在今山东省）的知府。原来义军的二十万兵士，也降的降、死的死、逃的逃，没有剩下多少人马。

辛弃疾听到这个消息，非常愤怒。他慢慢地抽出腰间的长剑，奋力向着天空一划，同时嘴里发出一声激昂的长啸。随后，他做出了一个大胆的决定：带领仅剩下的五十个人，骑着快马，向济州急速奔去。

到了济州，他们直接去敲张安国的府门。当时，张安国正和金国兵将们一起美滋滋地端着酒杯喝酒，庆祝自己被封了大官。他听卫兵报告说辛弃疾来了，不由得一愣，心想：他来干什么呢？是不是也来投降呢？根据他平时对辛弃疾的了解，他觉得辛弃疾不会投降，但又猜不出辛弃疾来这里的目的。他仗着自己人多势众，就出来跟辛弃疾见面。

张安国没想到，辛弃疾一见面，就突然一个箭步跳到他面前，一把提住他的脖领，把他掀翻在地，接着就让手下把张安国绑了个结结实实，然后扔上马背。辛弃疾也不停留，带上一行人迅速撤离了张安国的官府，剩下满座的金国兵将都看得目瞪口呆。等他们反应过来是怎么回事时，辛弃疾已经跑远了。

辛弃疾带着他的队伍，一边走一边对张安国的士兵高呼："兄弟们，大宋的十万军队已经打过来了！不要再跟金狗干了，有愿意的，就跟我走！"原来隶属耿京的队伍立刻骚动起来，士兵们纷纷聚集到辛弃疾身边，跟着他高呼着离去。慌慌张张的金兵害怕大宋的兵马来袭，也不敢追赶。他们将大营里的五万士兵聚集起来，准备对付大宋的十万军队。可等了好长时间也没有动静，这才知道上当了。

辛弃疾带着聚集在他身边的一万多骑兵，渡过黄河，渡过长江，向江南一路快马加鞭，一直把张安国押送到京城临安，公开审判，斩首示众，为耿京报了仇。那一年，辛弃疾才二十三岁。

后来，辛弃疾晚年的时候，和好友陈同甫回忆起当年的战斗生活，写下一首《破阵子·为陈同甫赋壮词以寄之》：

　　醉里挑灯看剑，梦回吹角连营。八百里分麾下炙，五十弦翻塞外声，沙场秋点兵。

　　马作的卢飞快，弓如霹雳弦惊。了却君王天下事，赢

得生前身后名。可怜白发生！

"吹角连营"就是各个军营里接连不断地响起了号角声。"八百里"是牛的代称。"麾下"就是部下。"炙"指烤熟的肉。"五十弦"原指瑟，这里指合奏的各种乐器。"塞外声"指雄壮悲凉的军歌。"翻"就是演奏。"作"就是如的意思。"的卢"是一种烈性的名马。"天下事"在这里指收复中原。"可怜"就是可惜。词的意思是说：醉中为看剑而挑亮油灯，梦里又重回那响彻号角声的连营。部下分吃刚烤的熟牛肉，乐器演奏苍凉的军乐声。深秋沙场上，检阅众官兵。战马像的卢马一样飞快，弓箭像霹雳一样轰鸣。我本想完成君王收复中原的大事，赢取活着和死后的英名，可惜人已老，白发头上生。

这首词具体、生动地描述了抗金部队雄壮豪迈的战斗生活，表达了作者忠君爱国的思想和建功立业的梦想，同时也抒发了他壮志未酬的悲愤心情。全词格调苍凉，情绪激烈，表面看慷慨激昂，豪气冲天，但主要表达的是悲愤和失望的情绪。词中多处出现的一些对偶的句子，工整自然，节奏鲜明，读起来有一种急促奔驰的感觉，在艺术上很有特色。

这首词实际上可以分为两层意思，前九句是一层，最后一句是一层。从意义上看，前九句十分生动地描绘了一位勇敢乐观、豪迈壮烈的将军形象，最后一句用"可怜白发生"的沉重感叹，抒发了壮志难酬的悲愤和苦闷。前九句是梦境，最后一句是现实，二者形成了鲜明的对比，出人意料而又动人心弦。

生子当如孙仲谋

南乡子·登京口北固亭有怀

[宋] 辛弃疾

何处望神州？满眼风光北固楼。千古兴亡多少事？悠悠。不尽长江滚滚流。

年少万兜鍪①，坐断②东南③战未休。天下英雄谁敌手④？曹刘。生子当如孙仲谋⑤。

注释

① 兜鍪（dōumóu）：原指古代作战时兵士所戴的头盔，这里代指士兵。
② 坐断：坐镇，占据，割据。
③ 东南：指吴国在三国时地处东南方。
④ 敌手：能力相当的对手。
⑤ 生子当如孙仲谋：曹操率领大军南下，见孙权的军队雄壮威武，喟然而叹："生子当如孙仲谋，刘景升儿子若豚犬耳！"

南宋词人辛弃疾曾经写过一首《南乡子·登京口北固亭有怀》：

何处望神州？满眼风光北固楼。千古兴亡多少事？悠悠。不尽长江滚滚流。

年少万兜鍪，坐断东南战未休。天下英雄谁敌手？曹刘。生子当如孙仲谋。

"京口"即今天的江苏省镇江市。"悠悠"既指时间的漫长久远，也指词人思绪的绵长。"兜鍪"指头盔，这里借代军队。"坐断"就是独自占据。"曹刘"指三国时魏国的曹操和蜀汉的刘备。"孙

113

仲谋"指三国时吴国的君主孙权。孙权字仲谋,十九岁时就继承了父兄的霸业。

词的意思是说:在哪里可以瞭望大好神州?满眼风光在这巍巍北固楼。千百年来有多少兴亡故事?悠悠啊悠悠,历史就像长江水绵绵不断,滚滚奔流。孙权很小年纪就能率领上万军队,独占东南大地,一直征战不休。天下英雄谁有资格做他对手?唯有曹操和刘备。如果我有儿子,应该学那英雄孙仲谋。

这首词写的是作者登上京口北固亭时的感想,通篇三问三答,互相呼应,慷慨雄壮,意境高远。他借凭吊、赞美三国时的少年君主孙权的名义,对当时南宋朝廷把大好江山拱手奉献给敌人的行为进行了讽刺和批评。

这首词中的"生子当如孙仲谋"是个千古传诵的名句。读过《三国演义》故事的小朋友,肯定会知道诸葛亮"草船借箭"的故事。但是,《三国演义》只是罗贯中编写的一部小说,而据史书记载,当年借箭的其实不是诸葛亮,而是吴国的孙权,也就是孙仲谋。

公元 208 年,曹操统一了北方之后,带领八十万大军开始向南方进军。他进军的第一个目标是荆州的刘表。

刘表占据荆州多年,拥有很多的兵马和粮草,但他的胆子很小,听到曹操带兵来攻打他的消息,竟然连着急带惊吓,一下子病倒了,不久就死了。他的两个儿子,一个经常生病,一个年幼无知,最后,他的七万多士兵只好投降了曹操。

曹操没有费什么力气就胜了刘表，他很得意。随后，曹操又去进攻孙权，在赤壁却被孙权打败。那时候，孙权年纪也不大，但他继承父亲和哥哥的事业，占据中国东南地区，做了好几件非常漂亮的大事，深受人们的赞扬和拥护。

曹操打了败仗，很不甘心。五年以后，曹操与孙权又在濡(rú)须口（今安徽省巢湖市西巢湖入长江的一段水道）交战。曹军吸取上次失败的教训，只坚守不出兵。一天，趁着漫天大雾，孙权乘坐着一叶轻舟闯入曹军前沿，观察曹军的部署。孙权的轻舟一直行进了五六里，并且鼓乐齐鸣，大喊大叫。

曹操见孙权的军队这么威武，不由得赞叹说："生子当如孙仲谋，刘景升儿子若豚(tún)犬耳！"刘表，字景升，曹操这句话的意思是说：有了孩子就应该让孩子像孙权一样勇猛英武，千万别像刘表的儿子，如猪狗一样愚蠢。

因为曹操性格多疑，他害怕孙权有诈，不敢轻易出兵跟孙权作战，就下令弓箭齐发，射击孙权的轻舟。

不一会儿，孙权的轻舟因为一侧中箭太多，开始倾斜，有翻沉的危险。孙权就下达命令调转船头，使轻舟另一侧再受箭。等到箭均船平，孙权带军安全返航，曹操这才明白自己上当了。

稼轩居士

清平乐·村居

[宋] 辛弃疾

茅檐①低小，溪上青青草。醉里吴音相媚好②，白发谁家翁媪③？

大儿锄豆④溪东，中儿正织⑤鸡笼。最喜小儿亡赖⑥，溪头卧⑦剥莲蓬。

注释

① 茅檐：茅屋的屋檐。

② 相媚好：指相互逗趣、取乐。

③ 翁媪（ǎo）：老翁、老妇。

④ 锄豆：锄掉豆田里的草。

⑤ 织：编织，指编织鸡笼。

⑥ 亡（wú）赖：亡，通"无"。这里指小孩顽皮、淘气。

⑦ 卧：趴。

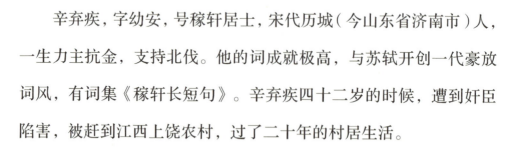

辛弃疾，字幼安，号稼轩居士，宋代历城（今山东省济南市）人，一生力主抗金，支持北伐。他的词成就极高，与苏轼开创一代豪放词风，有词集《稼轩长短句》。辛弃疾四十二岁的时候，遭到奸臣陷害，被赶到江西上饶农村，过了二十年的村居生活。

乡村的生活很温馨。每当民俗节日春社和秋社的时候，辛弃疾和农民们一起祭社神、分祭肉、饮新酒，很开心。后来，他写了大量的田园词、山水词，歌咏乡村自然风光，记述农村里的纯朴风俗。其中最著名的就是这首《清平乐·村居》：

茅檐低小，溪上青青草。醉里吴音相媚好，白发谁家翁媪？

大儿锄豆溪东，中儿正织鸡笼。最喜小儿亡赖，溪头卧剥莲蓬。

"茅檐"指茅草屋的屋檐。"低小"形容房屋矮小。"吴音"指吴地的口音。"相媚好"指互相逗趣。"翁媪"就是老公公、老婆婆。"锄豆"指锄掉豆田里的草。"莲蓬"是荷花开过后的花托，呈倒圆锥形，有二三十个形状像蜂房的小孔，小孔里面有莲子，剥出来可以吃。"剥莲蓬"就是把莲蓬的皮去掉。

词的意思是说：茅檐低，茅屋小，溪岸上长满青青的草。吴音听起来像喝醉了，亲亲热热挺美好。满头白发的老爷爷和老奶奶是谁家的啊？大儿子在小溪东岸豆田里忙着锄草；二儿子在茅檐底下编着鸡笼。小儿子最淘气，他正趴在溪边剥莲蓬，敞开肚皮吃个饱。

这是一首描写农村生活的词。作者把农家的环境和一家人淳朴、勤劳的生活生动形象地描绘出来，表现了作者对农民的真挚感情和对宁静美好的乡村生活的热爱。

辛弃疾在美好田园生活中采撷到了新鲜的诗情画意，渐渐地，他的心情不像刚被罢官的时候那么失落了。他特意把自己的住所称为"稼轩"，意思是种庄稼的地方。他还给自己起了个新名字"稼轩居士"，说："人生在勤，当以力田为先。"翻译成现在的话就是：人生重要的是勤劳，种田是第一件要做的事情。

尽管辛弃疾在田野里劳动很愉快，和乡亲们也结下了深厚的友谊，可他的理想还是"收复山河"，为国立功，所以他决不肯做一个守着几亩田地醉生梦死的"田舍翁"。有一天，他的儿子对正在读书的辛弃疾说道："父亲，既然朝廷不重用你，也就不必关心那些国家大事了。咱们还是多买一些田产，租给别人去种，要不了多久就可以发大财了。"

　　辛弃疾听了儿子的话，很生气，但他没有马上发脾气，而是叫儿子给他磨墨，说要写词。儿子不知道怎么回事，赶紧给他磨墨。等墨磨好了，辛弃疾唰唰唰地就写了起来。写完之后，他的儿子往纸上一看，原来是一首词，其中说："千年田换八百主，一人口插几张匙？"意思是说：千年来的田地换了很多主人，一个人嘴里能插几个吃饭的勺子？

　　辛弃疾骂得很委婉，但是他儿子看完之后，脸马上就红了，认识到了自己的错误。

临终呼杀贼

洞仙歌·丁卯八月病中作

[宋]辛弃疾

贤愚相去，算其间能几。差以毫厘缪千里。细思量义利，舜跖之分，孳孳[1]者，等是鸡鸣而起。

味甘终易坏，岁晚还知，君子之交淡如水。一饷聚飞蚊，其响如雷，深自觉、昨非今是。羡安乐窝[2]中泰和汤[3]，更剧饮，无过半醺而已。

注释

① 孳孳：勤勉不懈。

② 安乐窝：指住宅。

③ 汤：指沸水。

辛弃疾积极主张抗金，却受到许多奸臣的打击。宋宁宗开禧二年（公元 1206 年）八月，六十七岁的辛弃疾写了一首《洞仙歌·丁卯八月病中作》：

贤愚相去，算其间能几。差以毫厘缪千里。细思量义利，舜跖之分，孳孳者，等是鸡鸣而起。

味甘终易坏，岁晚还知，君子之交淡如水。一饷聚飞蚊，其响如雷，深自觉、昨非今是。羡安乐窝中泰和汤，更剧饮，无过半醺而已。

词的意思是说：人有贤愚之分，差了一点儿，就能拉开很远的距离。义与利是舜与跖的分别。他们都鸡鸣即起，孜孜不倦地做事情，但是有的为义，有的为利，这两种人是有着本质不同的。醴的味道甘甜，但容易腐坏。水的味道平淡，但是本色不变。到了老年终于想通一个道理：交朋友还是淡如水为好。吃一餐饭会招引一大堆蚊子，它们的响声如雷。见了它们才醒悟，今天和热闹喧嚣保持距离的做法，还是做对了。我很羡慕能在安乐窝里平静地喝热水的生活，即便是剧饮也不会醉倒，喝个微醺就可以了。这首词抒发了辛弃疾的一生感悟，语气平淡，笔调沉郁，思想深刻，寄寓着他对后人的亲切叮嘱和劝诫。

写完这首《洞仙歌》之后不到一个月，南宋朝廷又准备起用辛弃疾做枢密院都承旨，重新让他参加抗金大军。可是诏书还没有送过来，辛弃疾就在九月十日"大呼杀贼数声"之后，含恨逝世了。这首《洞仙歌》成为他的最后一首作品。随后，人们把他安葬在江西省铅山县的瓢泉。他没有给家人留下什么财产，只剩下一些诗词、奏议和书籍之类的东西。

辛弃疾死后，奸臣们还是不肯放过他，居然又给他重新编造了一些罪名，连累他的孩子也受到迫害。最后辛弃疾的孩子只好逃到福建等地避难去了，只把一座稼轩墓孤零零地留在了瓢泉。

后来又过了几十年，有位名叫谢枋得的诗人被派到江西信州当官，路上经过铅山的瓢泉，住在稼轩墓旁边的一座寺庙里。

晚上，谢枋得忽然听见寺庙的房顶上连续传来大喊声："杀贼！杀贼！杀贼！……"他打开门窗，外面连个人影也没有，但那怒吼声一直到深夜都没停下来，寺里的几十人都十分惊恐。

谢枋得细细一查，发现那声音竟是从附近的稼轩墓发出来的。于是，他点上蜡烛，连夜写了一篇文章祭奠这位英雄。祭文中说：你的"大仇不复，大耻不雪"，心里一定很郁闷吧？六十年来，朝廷里也没有人为你鸣不平，你这次大声疾呼，是对我有什么托付吗？祭文写到这里的时候，门外叫喊的声音突然平静了下来。

天还没亮，谢枋得就穿上麻衣草鞋，带上笔墨未干的《祭辛稼轩先生墓记》祭文，去冷清的稼轩墓前拜祭，哭泣辛弃疾一生的遭遇。

最后，谢枋得回到首都临安之后，经过他的努力，辛弃疾的冤案终于得到了平反。这时的皇帝换成了宋恭帝，朝廷追赠辛弃疾为少师，谥号"忠敏"。

刘过闹门

沁园春·斗酒彘肩

[宋] 刘 过

斗酒彘肩，风雨渡江，岂不快哉！被香山居士①，约林和靖②，与坡仙老③，驾勒吾回④。坡谓西湖，正如西子，浓抹淡妆临镜台。⑤二公者，皆掉头不顾，只管衔杯。

白云天竺去来，图画里、峥嵘楼观开。爱东西双涧，纵横水绕；两峰南北，高下云堆。逋曰不然，暗香浮动，争似孤山先探梅⑥。须晴去，访稼轩未晚，且此徘徊。

注释

① 香山居士：白居易。

② 林和靖：林逋，字和靖。

③ 坡仙老：苏轼自号东坡居士，被后人称为坡仙。

④ 驾勒吾回：强拉我回来。

⑤ "坡谓西湖，正如西子"三句：对应苏轼诗"欲把西湖比西子，淡妆浓抹总相宜"。

⑥ 孤山先探梅：孤山位于里、外两湖之间的界山，山上种了许多梅花。

南宋词人刘过是辛弃疾的粉丝。他特别想认识辛弃疾，但是总也没有机会。他给辛弃疾写信，辛弃疾因为不了解他，所以没有回信。

为了能够见到自己的"偶像"，刘过一点儿也不灰心。恰好他打听到当时担任浙东安抚使的辛弃疾在某时某地要举行一场宴会，于是，他就精心准备，打算去闯一闯。

到了那一天，他找到宴会的入口，要求见辛弃疾。门卫看他穿着平常，样貌邋遢，就不肯禀报。刘过好不容易找来了，不达目的坚决不走。门卫只好来拉他，他干脆一屁股坐在门的正中央，大声吆喝起来："我要见辛弃疾！我要见辛弃疾！"

他闹得太厉害，惊动了辛弃疾。辛弃疾很不高兴，就让门卫传话，说辛弃疾拒绝见他，让他赶紧走。刘过一听，更来劲了，冲着门里高喊起来："我会写诗，我要喝酒！"

辛弃疾身边的两位监司听说过刘过的名字，这时就劝辛弃疾："听说刘过也是个豪杰，确实擅长诗词，您就见见他吧。"辛弃疾就让门卫把刘过放了进来。

辛弃疾上下打量了一下刘过，冷冷问道："真会写诗吗？"

刘过很自信，说："我会。"

这时宴会上正好上来了一道羊肾羹汤，辛弃疾让他以羊肾羹汤为题，作诗一首。

刘过喝了一杯酒之后，应声吟道：

> 拔毫已付管城子，烂首曾封关内侯。
>
> 死后不知身外物，也随樽俎伴风流。

"管城子"是毛笔的代称。"烂首"引用了当时一首童谣的第一句："烂羊头，关内侯。"这首《赋羊腰肾羹》形象又风趣，抒发了作者豁达放旷的胸襟气度，让辛弃疾大为欣赏，赶紧把他请到

上座，一起共饮。

他们从此结下了很深的友谊。后来又有一次，辛弃疾邀请在杭州的刘过一起喝酒。当时正下着大雨，刘过读白居易和苏轼、林和靖的诗词正入迷，就没有去赴约，但是他没有干巴巴拒绝辛弃疾，而是写了一首《沁园春》作为回复：

斗酒彘肩，风雨渡江，岂不快哉！被香山居士，约林和靖，与坡仙老，驾勒吾回。坡谓西湖，正如西子，浓抹淡妆临镜台。二公者，皆掉头不顾，只管衔杯。

白云天竺去来，图画里、峥嵘楼观开。爱东西双涧，纵横水绕；两峰南北，高下云堆。逋曰不然，暗香浮动，争似孤山先探梅。须晴去，访稼轩未晚，且此徘徊。

刘过不是直接说自己不去了，而是说白居易和苏轼、林和靖劝他天晴了再过江去和辛弃疾共饮。词中巧妙嵌入了白居易和苏轼、林和靖的不少诗词名句，却一点儿也不显得生硬。全词天衣无缝，水乳交融，让辛弃疾看了极为欣赏，连称好词。

随后，辛弃疾兴冲冲把这首词交给岳飞的孙子岳珂欣赏，岳珂只说了四字评语："白日见鬼。"辛弃疾问他何意，岳珂说："白居易、苏轼和林和靖都已经去世了，这首词可不是白日见鬼吗？"辛弃疾听了，又是一阵哈哈大笑。

刘过四次应举都没有考中，终身流落江湖。他和陆游、陈亮等诗人也是好朋友。他的词风豪放，他主张抗金，痛恨偏安，可惜一生壮志难酬，五十三岁时就去世了。

咏华山

咏华山

[宋] 寇 准

只有天在上，更无山与齐①。
举头②红日近，回首③白云低。

注释

① 与齐："与之齐"的省略，即没有山和华山齐平。
② 举头：抬起头。
③ 回首：低头，与"举头"相对应。

公元968年，北宋华州下邽（今陕西省渭南市）的一户姓寇的人家，正在举行一场盛大的宴会。客人们推杯换盏，好不热闹。

八岁的小寇准蹦蹦跳跳，陪着父母礼貌地招呼客人。大家喝得正高兴的时候，一位叔叔指着小寇准说："都说小寇准聪明，咱们今天出个题目考考他怎么样？"

"好啊好啊。"客人们一齐叫好。

小寇准也不怯场，胸脯一挺，大大方方地说道："考就考，请出题。"

客人们说："就以咱们旁边的这座华山为题，你写一首《咏华山》吧。"

小寇准答应一声"好的"，随后就在客人们面前开始作诗。

只见他一边踱步，一边构思。好奇的客人们在旁边帮他数着数：

如果诗词会讲故事·宋词篇

一步、两步、三步……还没等客人们喊出第四步，小寇准已经微微一笑，率先喊了起来："我想好了，快拿笔来！"

随后，他就一笔一画地在纸上写出了这首五言绝句《咏华山》：

只有天在上，更无山与齐。

举头红日近，回首白云低。

此时，客人们也顾不上喝酒了，大家屏住呼吸，一起来看这个小孩子作诗。

等他写完最后一个字的时候，热烈的掌声和叫好声忽然像暴风雨一样响了起来，差点儿把房顶掀开。过去都说三国时候的曹植能够七步成诗，没想到小寇准居然三步成诗，而且还写得这么好。大家都把赞许的眼光投向他，自信的小寇准把小胸脯挺得更高了。

这首诗的每一句都没有直接去说华山多么高大，但是每一句都突出了华山的巍峨险峻，既准确又形象，气势恢宏。"齐"就是一般高的意思，"回首"就是低头看的意思。这首诗采用了两个对仗句，工稳谨严，自然妥帖，文笔上也很有特色。"只有天在上，更无山与齐"两句用"只有"和"更无"这四个字突出描写了华山的高度。"举头红日近，回首白云低"两句用"近"和"低"这两个字，突出描写了华山的气势。

小寇准写诗的时候其实是在山脚下的家里，但是他巧妙地想象自己登上了华山之巅。只有蔚蓝的天空在头顶上，再也没有别的山可以和华山一般高了。抬头看，红色的太阳就在身边；低头看，朵朵白云低低地飘在半山腰。

另外，这首诗还可以有另一种理解的角度，即运用了拟人的手法，把自己想象成华山，用华山的口气来说话："只有天比我高一点儿，世上再没有山比我高了。我抬头就看见近旁的红日，我低头就看见低处的白云。"这样理解，也解释得通。

总结一下，小寇准怎样描写山的"高"？第一，采用了反衬的手法，用红日和白云，来衬托华山之高。第二，采用了侧面描写的手法，不是直白地说山高，而是用天和其他山峰来侧面烘托华山之高。第三，采用了视角挪移的手法，不是从山下的仰望视角铺叙，而是从居高临下的俯视视角落笔。第四，采用对仗手法，使诗句更加圆融和顺。第五，采用情景交融的手法，第一二句抒情，第三四句写景，结构巧妙，层层递进，引人入胜。

寇准在这首诗中描写的是华山，其实也抒发了自己不同流俗的远大志向。寇准在太平兴国五年（公元 980 年）考中了进士，后来当过同平章事等大官，是北宋时期一位有名的政治家。他善诗能文，绝句写得尤其好，他的诗歌作品结集为《寇忠愍诗集》，流传至今。

华山古称"西岳"，雅称"太华山"，是中国著名的五岳之一，春秋战国时期就有"华山"之名。《水经·渭水注》载："其高五千仞，削成四方，远而望之，又若花状。"古代的"花""华"二字通用，所以"华山"又称为"花山"。由于华山太险，所以唐代以前很少有人登临，魏晋南北朝时还没有通向华山峰顶的道路。

直到唐代，才有人逐渐在北坡沿溪谷而上开凿了一条险道，形成了"自古华山一条路"。由于华山位于中国版图的最中央，所以又称"中华山"。中华山周边聚居的民族又称"中华山民族"。这一说法首先被孙中山引用，由此创立了"中华民国"。所以华山又可以看成我们中华民族的民族象征。从这个意义上再读寇准这首《咏华山》，可以唤起我们更多的文化自信和民族自豪感。

牧鹅少年

题壁诗

[宋]汪洙

颜回夜夜观星象，
夫子朝朝雨打头。
多少公卿从此出，
何人肯把俸钱修。

南宋时期，鄞县（今属浙江省宁波市）有一个很聪明的孩子叫汪洙。当时，每个县里都有参拜孔子的孔庙。但是，鄞县的孔庙因为年久失修，已经很破败了，庙里的孔子和颜回等人的塑像也都残损不堪。

有一天，县太爷带着一帮人去孔庙参拜，行礼之后一抬头，县太爷忽然发现大殿的墙壁上，有人用木炭写了一首诗：

颜回夜夜观星象，夫子朝朝雨打头。

多少公卿从此出，何人肯把俸钱修。

诗的意思是说：孔庙的房顶已经漏了，孔子和颜回只能遭受风吹雨打。本县那么多学习孔子著作后成为大官的人，谁能捐出自己的俸禄把孔庙修理一下？诗的后边还署着作者的名字：九岁童汪洙。

县太爷看了看周围，孔庙确实太破了，他觉得很羞惭，忽然，他又很好奇，这个九岁童汪洙是什么人？他真是九岁吗？县太爷很想看看这个小孩，便说："谁知道这个汪洙是谁？赶紧去打听打听。"

汪洙是本县的小官汪元吉的儿子。因为家里很贫困，汪洙只好帮家里牧鹅来贴补家用，只能利用晚上的时间读书写字。恰好有一天汪洙赶着鹅路过孔庙，看见庙前青草丰美，就让鹅吃草，自己坐在大树下打开一本唐诗集读了起来。读着读着，忽然头上飞来一片乌云，接着就是一场大雨。汪洙赶着鹅进入孔庙避雨。可是，因为大殿的顶漏了，雨还是哗啦哗啦流进了屋子里。汪洙看塑像朽坏了，墙壁也透气漏风，就想：很多大官都自称是孔圣人的传人，为什么没人把这个孔庙修理一下？这时，他看到孔夫子塑像前有人烧剩下的木炭，就拿起来在墙上题了这首《题壁诗》。

县令问汪洙是谁的时候，恰好汪元吉就在一旁，他赶紧说道："汪洙是我家的孩子，我让他好好牧鹅，不知道怎么跑到孔庙来涂鸦淘气。我去把他抓来，听凭您处置。"然后，他就匆忙赶到牧鹅的地方，拉上汪洙要去见县太爷。

汪洙赶紧把鹅安置好，跟着父亲一起往孔庙走。一边走，汪元吉一边叮嘱汪洙："一会儿见了县太爷，要赶紧认错。"

等见到县太爷的时候，汪洙大大方方地行了一个礼，说道："参见县太爷。"

县太爷问道："你多大了？"

汪洙说："九岁。"

县太爷问："这首题壁诗是你写的吗？"

汪洙说："是的。"

县太爷问："这首诗是什么意思？"

汪洙说："多少公卿从此出，何人肯把俸钱修。我的意思就是这两句诗。"

县太爷很高兴，回头对周围的人说："这个九岁的孩子能想到，我们大人为什么做不到？"于是，就发动大家捐赠自己的俸禄，把孔庙重新修缮起来。全县的老百姓听说了，也纷纷慷慨解囊。为了修缮孔庙，小汪洙也捐出了自家的一篓鹅蛋。

后来，汪洙这位牧鹅少年的名声就传开来。他一边放鹅，一边读书，到了宋元符三年（1100年）才考中了进士。后来他办了一所"崇儒馆"，召集学生讲学，还留下了《春秋训诂》等著作。

后村玩月

清平乐（两首）

[宋] 刘克庄

纤云扫迹，万顷玻璃色。醉跨玉龙游八极^①，历历天青海碧。

水晶宫殿飘香，群仙方按霓裳。消得几多风露，变教人世清凉。

风高浪快，万里骑蟾背。曾识姮娥^②真体态，素面原无粉黛^③。

身游银阙^④珠宫，俯看积气濛濛。醉里偶摇桂树，人间唤作凉风。

注释

① 八极：指宇宙间最邈远的地方。
② 姮娥：即嫦娥。
③ 粉黛：女子化妆用的白粉和青黑色的颜料。
④ 银阙：仙人或天帝的居所，此指月宫。

宋代诗人刘克庄，号后村居士，人们常用"后村"来称呼他，他的词集就叫《后村长短句》。他活了八十多岁，在古代诗人中算是长寿的了。

有一年农历五月十五，他抬头看着天上明月，突发奇想：如果自己驾着玉龙，飞到天上的月亮里看看，会是什么情景呢？于是，他提笔写了两首"玩月"词，描写自己去月亮中游玩的浪漫情景。

写八月十五夜晚看月亮的诗人很多，写五月十五夜月的诗人较少。
我们来看看后村居士的玩月之旅：

纤云扫迹，万顷玻璃色。醉跨玉龙游八极，历历天青海碧。

水晶宫殿飘香，群仙方按霓裳。消得几多风露，变教

人世清凉。

风高浪快，万里骑蟾背。曾识姮娥真体态，素面原无粉黛。

身游银阙珠宫，俯看积气濛濛。醉里偶摇桂树，人间

唤作凉风。

这两首词运用了丰富的想象描绘了漫游月宫的情景，同时还表
达了身居月宫而心忧人世的思想感情。题材新颖，构思精巧，风趣
活泼，极富浪漫色彩。

这两首词涉及了嫦娥奔月的古老传说。相传，很久很久以前，
天上突然出现了十个太阳，把大地上的庄稼全都烤焦了，石头都烤
裂了，大海也都快烤干了。

这件事惊动了一个英雄，他背上一把神弓，登上了昆仑山的山顶，运足力气，向天上的太阳射过去，一口气就射落了九个太阳，剩下的那一个赶紧躲到了西山的后面。

从此，天上就只有一个太阳，人们的生活也正常了。这位射日的英雄名叫后羿 (yì)，他因此受到人们的尊敬和爱戴。

不久，后羿娶了一个美丽善良的女孩做妻子，这个女孩的名字叫嫦娥。他们俩一个打猎、一个织布，既勤劳又能干，生活过得很幸福。

有一天，后羿听说昆仑山上住着一位西王母，是一位很有本领的仙人，他打算去拜访。后羿翻过了九十九座山，渡过了九十九条河，终于见到了西王母。他进去时，正巧西王母刚刚配好了一包神奇的不死药。据说吃了这种药，平凡的人立刻就能变成腾云驾雾的仙人。西王母很欣赏后羿的勇敢和正直，就把这包药送给了他。这种药很难配制，药量只够一个人吃。

后羿想来想去，舍不得丢下嫦娥，独自升天做神仙，就把药带回了家，交给嫦娥珍藏。他想等以后西王母再配制出药来，两个人再一起吃。嫦娥于是把药放进家里的一个小柜子里，不料被一个叫逢蒙的坏人看到了。

几天后，后羿外出打猎，逢蒙拿着匕首闯进他们家，逼着嫦娥交出不死药。嫦娥知道自己打不过逢蒙，所以她拿出不死药，趁着逢蒙不注意，一口全吞进了肚子里。

不一会儿，嫦娥觉得自己的身体越来越轻，越来越轻，然后飘飘悠悠地从大门口飞了出去。她一直向着天空飞啊飞啊，渐渐地，地上的人就看不见她了。

嫦娥舍不得离后羿太远，就选择了离地球最近的月亮住了下来，变成了月宫里的仙人。

农历五月十五正是盛夏，天下大热，诗心清凉。后村居士并没有用笔墨描写月亮多么皎洁，而是运用了幻想和夸张的手法描绘了一番自己的"玩月"旅行，细腻描写了去看望嫦娥的情景。这样的描写生动奇特，大胆地突破了现实的束缚，构成一种壮阔辉煌的幻境，读起来非常活泼生动。

在此之前，后村居士曾经写过一首惹祸的《落梅》：

一片能教一断肠，可堪平砌更堆墙。

飘如迁客来过岭，坠似骚人去赴湘。

乱点莓苔多莫数，偶粘衣袖久犹香。

东风谬掌花权柄，却忌孤高不主张。

在这首诗中，他把自己比喻为屈原，把东风比喻为当权者进行讽刺，结果被人到皇帝那里打了小报告，皇帝免了他的官，把他赶回老家退隐，这首诗还连累了许多和他同属江湖派的诗人，史称"江湖诗案"。但是，后村居士虽然遭逢如此逆境，却从来不改乐观豁达的精神。也正因为这份乐观豁达，他才能在清寂的生活里，感受到玩月的情趣。

琵琶姐妹 ～

鹧鸪天·元夕①有所梦

[宋]姜夔

肥水②东流无尽期，当初不合种相思③。
梦中未比丹青④见，暗里忽惊山鸟啼。

春未绿，鬓先丝。人间别久不成悲。谁
教岁岁红莲夜⑤，两处沉吟各自知。

注释

①元夕：正月十五元宵节。
②肥水：即淝水。源出安徽合肥紫蓬山，东南流经将军岭，至施口入巢湖。
③种相思：留下相思之情。
④丹青：泛指图画，此处指画像。
⑤红莲：指花灯。

南宋著名的词人姜夔，精通音律，名气很大。他住在合肥赤阑桥畔的时候，认识了一对会弹琵琶的姐妹。

姐妹俩琵琶弹得非常好，姜夔常常听着听着，就禁不住使劲鼓掌，大声叫好。琵琶姐妹见他对音乐非常内行，就把他请到家中做客。

姐姐问他："先生能告诉我们您的尊姓大名吗？"

姜夔想试一试姐妹俩的学问，听到问话，他只是笑了笑，没有回答，而是把自己的一枚印章递给她们看，说："我的名字在上面刻着呢。"

妹妹看了看印章，就愣住了，见上面刻着八个字："鹰扬周室，凤仪虞廷。"她想：没有人会叫这么古怪的名字吧？

姐姐见妹妹不说话，接过印章一看，轻轻地笑了，说："原来您就是著名的才子姜夔先生啊。"

姜夔听姐姐说对了，非常高兴。原来，他让她们看的是隐藏着他的姓名的一个谜语。前一句出自《诗经》："维师尚父，时维鹰扬。"尚父就是姜尚。姜尚熟悉兵法，用兵就像飞扬的鹰一样凶猛。这一句隐藏着"姜"字。后一句出自《尚书》，取"夔典乐，凤凰来仪"之意。夔是舜的乐官，他领奏韶乐，能把凤凰引来，虞廷就是"虞舜的朝廷"的意思，所以这一句隐藏着"夔"字。

由于他的谜语太深奥了，许多人猜不出来。可是，姜夔就是这么一个喜欢引经据典的人，他写的词有时也会故意用些高深的字和典故，不太好懂。

姜夔的词写得好，而且他还是一位爱国的词人。

相传，合肥被金国的兵马攻陷的时候，姜夔赶到赤阑桥畔去探望琵琶姐妹，却受到她们的批评。她们认为：国家有难，男子汉应该去上阵杀敌，哪里还会有闲情逸致看望朋友呢？姐姐还给他写了四行大字："酒磨壮志，花销英气。国家有难，岂能熟视？"

姜夔读完，又羞又愧，于是离开赤阑桥，果真投向了抗金战场。

等到他们打回合肥，琵琶姐妹却再也找不到了。后来，姜夔听说她们被金军害死了，他大哭一场，写下了许多怀念她们的诗词。

有一年元宵节，姜夔忽然梦到了琵琶姐妹，于是写了一首《鹧

鸪天·元夕有所梦》，表达对她们的思念和无尽的感慨。词是这样
写的：

肥水东流无尽期，当初不合种相思。梦中未比丹青见，
暗里忽惊山鸟啼。

春未绿，鬓先丝。人间别久不成悲。谁教岁岁红莲夜，
两处沉吟各自知。

"声声慢"的来历

一剪梅·舟过吴江

[宋]蒋 捷

一片春愁待酒浇①。江上舟摇，楼上帘招②。
秋娘渡③与泰娘桥，风又飘飘，雨又萧萧④。
何日归家洗客袍？银字笙调，心字香烧。
流光容易把人抛，红了樱桃，绿了芭蕉。

注释

① 浇：浸灌，消除。
② 帘招：指酒旗。
③ 秋娘渡：指吴江渡。
④ 萧萧：象声词，形容雨声。

宋词中有一个词牌名，叫"声声慢"。"声声慢"原名叫"胜胜慢"，这个词牌的改名，据说和蒋捷有关。

蒋捷是一位隐士。他什么时候出生，什么时候逝世，历史上都没有记载。他生平唯一留下确凿年份记载的，就是曾在1274年考中进士。可是不久之后，南宋就灭亡了。

他家境很好，早年间过着无忧无虑的生活，写出的词也是非常欢快轻松的，从中能够看出词人当时乐观的心态。

元兵灭了南宋以后，蒋捷被迫逃亡，生活逐渐变得很穷困。有一回，家里实在没钱了，他放下进士的面子，想为人抄写经书来换

如果诗词会讲故事·宋词篇

口饭吃，可是，却被人家摇头拒绝了，这让他感到非常难堪。走在大街上，元兵的阵阵胡笳声飘进他的耳朵，伴着萧瑟的飒飒秋风，他觉得更加酸楚。于是，他用"声声慢"的词牌，填写了一首悲伤的《秋声》：

> 黄花深巷，红叶低窗，凄凉一片秋声。豆雨声来，中间夹带风声。疏疏二十五点，丽谯门、不锁更声。故人远，问谁摇玉佩，檐底铃声。
>
> 彩角声吹月堕，渐连营马动，四起笳声。闪烁邻灯，灯前尚有砧声。知他诉愁到晓，碎哝哝多少蛩声！诉未了，把一半分与雁声。

数一数，蒋捷的这首《秋声》描绘了多少种声音？雨声、风声、更鼓声、檐铃声、彩角声、笳声、砧声、虫声、雁声……一声连着一声，一声更比一声伤心。因为这首词中押韵的地方都是重复"声"字，而且写得非常感人，所以后人为了纪念蒋捷，就把"胜胜慢"这个词牌改叫"声声慢"。

不过，蒋捷最有名的作品不是这首《声声慢》，而是《一剪梅·舟过吴江》：

> 一片春愁待酒浇。江上舟摇，楼上帘招。秋娘渡与泰娘桥，风又飘飘，雨又萧萧。
>
> 何日归家洗客袍？银字笙调，心字香烧。流光容易把人抛，红了樱桃，绿了芭蕉。

　　"吴江"今属江苏省苏州市，吴淞江从这里流过。"帘"就是酒帘，是酒家的标志。"秋娘渡"和"泰娘桥"都是吴江沿途的地名。"银字笙"是乐器名，笙管的一种。"心字香"是心字形的熏香。"流光"指飞逝的岁月。诗的意思是说：春天的愁绪一片片，等着借酒来浇。江上的小舟把橹摇，楼上的酒帘向客招。过了秋娘渡，又过泰娘桥。潇潇的细雨在洒，悠悠的微风在飘。什么时候能回家，让妻子为我清洗客袍？把那银字笙调奏，把那心字香燃烧。飞逝的岁月往前跑，很容易把人往后抛。不知不觉樱桃就红了，芭蕉也变得更绿了。

　　这是一首思念家乡、感叹时光流逝的词作。上阕对春天风景进行了描写，表达了自己漂泊异乡时的孤独情感；下阕想象与家人团

如果诗词会讲故事·宋词篇

聚时的温馨情景，反衬眼前的忧愁困苦，并对青春的飞快流逝表示惋惜。全词表面读起来节奏明快，实际抒发的却是苦涩忧伤的感情。这首词中的"流光容易把人抛，红了樱桃，绿了芭蕉"最为著名。作者用拟人的手法，让时间跟人来赛跑，显得生动形象。而"红了樱桃，绿了芭蕉"两句，特意把"红""绿"两个形容词变成动词用，通过樱桃成熟时颜色变红、芭蕉叶子由浅绿变为深绿的细节，把看不见的时光变为看得见的突出意象，具体直观地表现了词人心中的忧愁和悲伤。

元朝的皇帝读了蒋捷的词，对"红了樱桃，绿了芭蕉"这两句大为欣赏，又听说蒋捷是个非常有才华的人，于是就派人联系他，想请他出来做官。没想到，蒋捷很坚决地回绝了。蒋捷最后隐居在太湖里的竹山。人们敬仰他的气节，尊称他为"竹山先生"。

岳母刺字

满江红·怒发冲冠

[宋] 岳 飞

怒发冲冠①，凭栏处、潇潇②雨歇。
抬望眼，仰天长啸③，壮怀激烈。三十
功名尘与土，八千里路云和月④。莫等
闲⑤，白了少年头，空悲切！

靖康耻⑥，犹未雪。臣子恨，何时
灭！驾长车，踏破贺兰山缺。壮志饥
餐胡虏⑦肉，笑谈渴饮匈奴血。待从头、
收拾旧山河，朝天阙⑧。

注释

① 怒发冲冠：气得头发竖起，以至于将帽子顶起，形容愤怒至极。
② 潇潇：形容雨势急骤。
③ 长啸：感情激动时撮口发出清而长的声音，为古人的一种抒情举动。
④ 八千里路云和月：形容南征北战，路途遥远，披星戴月。
⑤ 等闲：轻易，随便。
⑥ 靖康耻：宋钦宗靖康二年（1127年），金兵攻陷汴京，掳走徽、钦二帝。
⑦ 胡虏：对女真贵族入侵者的蔑称。
⑧ 天阙：本指宫殿前的楼观，此指皇帝居住的地方。

南宋时期，岳飞出生在今河南省汤阴县岳家庄的一户农民家里。
他小时候很懂事，常常帮助爸爸妈妈干农活，还利用干农活的空闲
时间刻苦习武。

岳飞的母亲很贤惠，也很正直。她经常给岳飞讲一些做人的道

理，岳飞很尊敬母亲，非常听母亲的话。有一次，和岳飞一块练武术的几个伙伴因为没有饭吃，商量着去做强盗，准备趁夜黑去拦路抢劫。他们来找岳飞，想拉岳飞一起去。但是岳飞想到母亲平时教育自己的话，不仅没有跟着他们走，而且还劝说他们不要去谋财害命。岳母知道这件事后，十分高兴。

岳飞长到十五六岁的时候，北方的金国派兵侵犯宋朝，宋朝的皇帝软弱无能，不抵抗，只顾逃跑，丢失了很大一片国土。一天，岳母特意把岳飞叫到跟前，摸着他的头说："现在国家遇到危难了，你准备怎么办呢？"

岳飞望着母亲慈祥的目光，勇敢地把胸脯一挺，说："我要去前线跟敌人作战，精忠报国！"

岳母听了岳飞的话，眼睛里闪烁着晶莹的泪花，点了点头。要知道，"精忠报国"正是母亲对岳飞热切的期望啊。

岳母为了让岳飞永远记着这一誓言，为国家立功劳，就让他脱下上衣，要把这四个字刺写在他的脊背上。

岳母找来毛笔，先在岳飞脊背上写好这四个大字。然后，岳母问道："孩子，你怕不怕痛啊？"

岳飞回答："没事。如果连用针刺几个字都怕痛，将来还怎么去前线跟敌人打仗呢！"

岳母听了这句话，狠了狠心，举起一根绣花的钢针，在岳飞背上一点儿一点儿地刺了起来。等全部刺完了以后，又给这些字涂上

一层醋墨。这样，"精忠报国"这四个字，就永远地留在了岳飞的后背上。

带着"精忠报国"这四个字，岳飞告别母亲奔赴前线，后来打了很多胜仗，成长为一位抗金名将。他身经百战，屡建奇功，最终却被皇帝赵构、奸臣秦桧以"莫须有"的罪名杀害。遇害前，他写了一首苍凉悲壮的《满江红》：

> 怒发冲冠，凭栏处、潇潇雨歇。抬望眼，仰天长啸，壮怀激烈。三十功名尘与土，八千里路云和月。莫等闲，白了少年头，空悲切！

> 靖康耻，犹未雪。臣子恨，何时灭！驾长车，踏破贺兰山缺。壮志饥餐胡虏肉，笑谈渴饮匈奴血。待从头、收拾旧山河，朝天阙。

词的意思是说：愤怒的头发把帽子都顶高了，我扶着栏杆远眺，暴雨刚刚停歇。抬眼四望，仰头长啸，这悲壮情怀多么激动热烈。

三十年的功名，像那尘和土；八千里的征战，伴着云和月。不要虚度好时光，等到少年的头发变白了，又会独自悔恨，悲悲切切。靖康年间的耻辱还没有洗雪，臣子们的羞恨怒火，什么时候平复熄灭？真想驾起一辆辆战车，把那贺兰山口踏破。带着壮志拼与搏，饿了就吃胡虏肉；怀着豪情谈与笑，渴了就喝匈奴血。我要从头收复旧山河，胜利之后再回朝廷报捷。

这首词的上阕抒发了珍惜光阴、意气风发的爱国情感，下阕表达了收复失地的壮志和重整山河的决心。全词振奋激昂，悲愤激越，洋溢着对敌寇的仇恨和对祖国的热爱。"莫等闲，白了少年头，空悲切"是勉励人们不要虚度时光、抓紧时间努力奋进的名句。

岳母刺字

岳珂评词

西江月①·夜行黄沙道中

[宋] 辛弃疾

明月别枝惊鹊②，清风半夜鸣蝉③。稻花香里说丰年，听取蛙声一片。

七八个星天外，两三点雨山前。旧时④茅店⑤社林⑥边，路转溪桥忽见。

注释

① 西江月：词牌名。
② 别枝惊鹊：惊动喜鹊，喜鹊飞离树枝。
③ 鸣蝉：蝉叫声。
④ 旧时：往日。
⑤ 茅店：茅草盖的乡村客店。
⑥ 社林：土地庙附近的树林。

辛弃疾写诗词，喜爱引用一些典故，有时候让人感到不好理解。

辛弃疾在镇江担任知府的时候，登上镇江著名的北固亭，眺望长江，写了一首《永遇乐·京口北固亭怀古》。其中"凭谁问，廉颇老矣，尚能饭否"，成为千古传诵的名句。

当时，辛弃疾写完这首词，自己觉得很满意，就特意摆了一桌酒席，让歌女们为宾客演唱，自己一边听还一边拍手，和着节拍伴奏。歌女们唱完后，辛弃疾站起身，想听听大家对这首词的意见。

大家你看看我，我看看你，觉得辛弃疾是有名的词人，又是大官，都怕说错了，所以谁也不愿意提意见。有几个喜欢溜须拍马的人，就吹嘘这首词写得多么多么好。

辛弃疾听到这些夸奖，半天没有说话，只是摇动扇子看着大家，一脸失望的表情。

这时候，抗金名将岳飞的孙子岳珂站了起来，他当时还是一个少年，很看不惯那些奉承的人，就大声说："虽然我只是个小孩，知识浅薄，不敢多说，但是我知道，当年范仲淹写了词，曾悬赏一千两金子，求人修改一字，如果辛公也有这样的诚心，我愿意坦率地说几句。"

辛弃疾也是个爽快人，听了岳珂的话，他非常高兴，催促他赶快说下去。

岳珂受到鼓励，不禁挺一挺胸脯，大胆直言道："这篇词确实很豪迈，但是用典故稍微多了些，恐怕人们不容易理解。"

辛弃疾听了他的话，高兴极了，赶紧给岳珂斟满一杯美酒，连声道谢，大笑着说道："呵呵，后生可畏！岳珂真是说中了我作词

的大毛病啊！"

随后，他就闭门苦思，反复推敲，整整花了一个月来修改那篇作品。以后他再写词，也开始注意尽量少用典故。他写的《西江月·夜行黄沙道中》等作品更是明白如话，一点儿典故也不用了。这首词是这样写的：

明月别枝惊鹊，清风半夜鸣蝉。稻花香里说丰年，听

取蛙声一片。

七八个星天外，两三点雨山前。旧时茅店社林边，路

转溪桥忽见。

"黄沙道中"就是黄沙岭的道上。黄沙岭在江西省上饶市西四十里，岭高约十五丈，风景优美。"茅店"指用茅草房屋开设的客店。"社"就是土地神的庙。古时候，村里常常在土地神的庙旁种植一些树，称为社树，这些社树多了，就构成一片小树林，称为社林。

全词是说：明月升上树梢，惊动熟睡的喜鹊。清风半夜吹拂，传来远处的蝉叫。稻花香气弥漫，蛙声响成一片，好像在说"真好，又是一个丰收年"。七八个小星挂在天外，两三点细雨飘在山前。旧日古朴茅店，藏在社林旁边，绕过溪桥就能看见。

这首词描写的虽然是风、月、蝉、鹊这些平常的景物，然而经过作者巧妙的组合和构思，就构成了一幅美丽淡雅的水墨风情画，读完之后令人悠然神往。全词清新晓畅，自然朴素，意境很优美。

是谁在"稻花香里说丰年"？这里用了拟人的手法，意思是青蛙在"说丰年"，而不是词人自己在说。在词人的感觉里，好像听到了群蛙在飘着稻花香气的田野中齐声歌唱，争说丰年。词人先写出"说"的情景，然后再补充"声"的来源，这样就造成悬念，吸引读者接着读下去。这种艺术构思非常精巧，同时也没有岳珂批评的那种典故堆积的缺点。

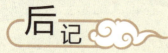

祝福所有的孩子

高 昌

祝福所有的花朵
和花朵般美丽的笑容

祝福所有的露珠
和露珠般纯洁的心灵

祝福所有的翅膀
和翅膀般飞动的梦境

祝福所有的嫩芽
和嫩芽般新鲜的萌动

世界翘起了拇指
悄悄睁大惊奇的眼睛

生活张开了臂膀
紧紧拥抱彩色的黎明

多么美好的节日
每一滴泪珠都是水晶

多么快乐的时光
每一声呼唤都是深情

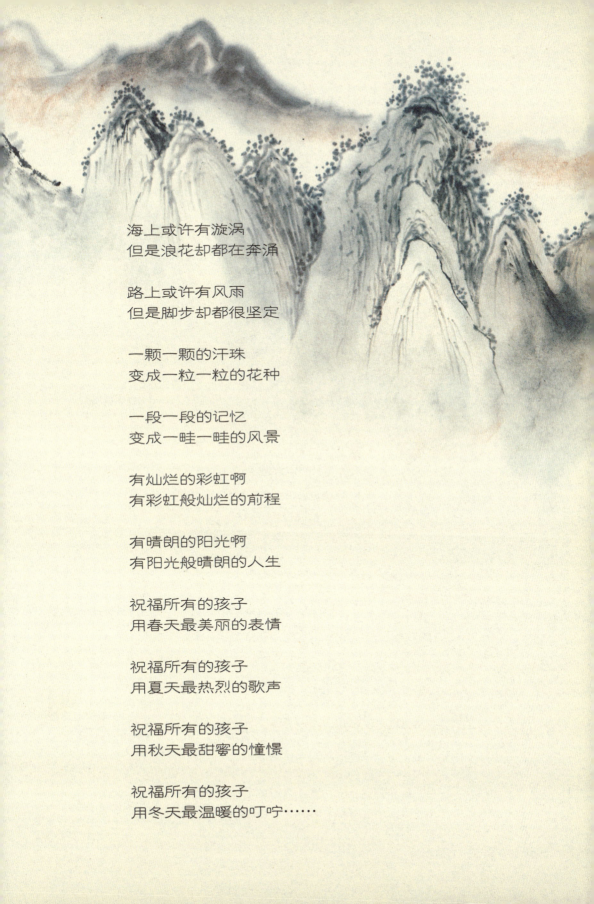

海上或许有漩涡
但是浪花却都在奔涌

路上或许有风雨
但是脚步却都很坚定

一颗一颗的汗珠
变成一粒一粒的花种

一段一段的记忆
变成一畦一畦的风景

有灿烂的彩虹啊
有彩虹般灿烂的前程

有晴朗的阳光啊
有阳光般晴朗的人生

祝福所有的孩子
用春天最美丽的表情

祝福所有的孩子
用夏天最热烈的歌声

祝福所有的孩子
用秋天最甜蜜的憧憬

祝福所有的孩子
用冬天最温暖的叮咛……